나는 글쓰기로 진정한 나를 만났다

나는 글쓰기로
진정한 나를 만났다

정예용 **지음**

두드림미디어

프 롤 로 그

누구나 한 번은 자신이 살아온 삶에 대해 돌아보기 마련이다.
다른 사람이 보기에 잘 살아왔든 못 살아왔든 그것은 중요한 게
아니다. 다른 사람에게 보이는 삶보다는 나의 내면에 충실해지
고 싶었다. 나는 아이들을 키우기 위해 학습지 교사와 보험설계
사를 하며 많은 시간을 보냈다. 특히 보험설계사는 내 인생의 많
은 부분을 차지했다고 해도 과언이 아닐 것이다. 나는 보험설계
사를 하면서도 이 직업이 나의 성격과 적성에 맞는 일인지를 끊
임없이 고민하며 질문해왔다. 그러나 쉽게 결정을 내리지 못한
채 코로나를 핑계로 17년을 다닌 보험회사를 정리하게 되었다.

직장을 그만두고 집에 있으면서 몸은 편안했지만, 아무것도

이루어놓은 게 없는 현실 앞에서 실망과 허탈함을 느껴야 했다. 진로를 선택할 때, 학창 시절뿐만 아니라 결혼을 한 후에도 내가 무엇을 좋아하는지, 무엇을 하고 싶은지 생각하지도 않고 결정했던 것이 문제의 핵심이었음을 알게 되었다. 결국, 내면의 소리에 귀를 기울인 결과, 나에게 맞지 않는 일을 선택하지 말아야겠다는 결론을 내리게 되었다. 그것만이 과거의 나와 이별을 하는 일이기 때문이다.

그렇게 집에서 시간을 보내며 그동안 하고 싶었던 글쓰기를 하며 하루하루를 살아가고 있었다. 이런 나에게 기적 같은 일이 찾아왔다. 글쓰기를 하면서 나에 대해 알게 되었고, 내면에 감춰진 꿈을 발견할 수 있었다. 글쓰기는 내게 풍요로운 삶을 가져다주었다. 그 안에서 기쁨을 발견하며, 진정한 나를 만날 수 있었기 때문이다. 그래서 이 책을 통해 글쓰기가 나에게 어떤 기적을 가져다주었는지, 어떻게 내 삶을 변화시켜주었는지 이야기하고 싶었다. 이 책에는 그런 내용이 담겨 있다.

나는 나의 꿈을 찾아가는 과정을 통해 사람들에게 용기를 주고 싶었다. 그래서 글쓰기로 인해 내가 어떻게 풍요로운 삶을 살아가고 있는지 나의 사례를 통해 보여주려고 한다. 이 책에는 나의 사랑하는 아들과 며느리의 이야기가 많이 등장하고 있다. 물론 좋은 사례이지만 성인들이고, 실명이 공개되는 게 걱정되었다. 그래서 마지막으로 원고를 수정하기 전에 책의 사례로 나와도 괜찮은지 다시 한번 신중히 고려하며 물어보았다. 아무리 자녀들이라도 그들을 존중해주어야 하기 때문이다.

나는 대단한 학벌이 있는 사람도 아니고 특별히 내놓을 만한 게 없는 평범한 사람이다. 하지만 그런 사람도 나이 60살에 이렇게 자신의 꿈을 찾으며 행복해하고 있음을 말해주고 싶다. 나는 글쓰기로 진정한 나를 만났다. 그 과정에서 책까지 출간하게 되었고, 결국, 인생 2막을 준비하게 되었다. 이번에 책을 쓰면서 무언가를 이루려면 또 다른 것을 포기해야 함을 알게 되었다. 아마도 끝까지 보험회사에 다니며 결정을 미루었다면 나의 꿈을 이루지 못했을 것이다.

날마다 글쓰기를 하며 하루하루 성장해가는 나의 모습을 보는 것만으로도 성공한 인생이라고 생각한다. 이제 나는 글쓰기를 통해 더욱 성장할 뿐만 아니라 변화하며, 행복한 미래를 만들어나갈 생각이다. 결혼한 두 아들과 며느리가 있는 사람으로서, 그들에게도 당당한 모습을 보여주며 살고 싶다. 이 글을 읽는 독자들도 그렇게 되었으면 좋겠다.

이 책을 쓸 수 있도록 도움을 주신 '한국 책 쓰기 강사 양성 협회(이하 한책협)'의 김태광 대표님과 '위닝북스' 출판사의 권동희 대표님께 감사의 말씀을 전한다. 책을 쓰는 기간 동안 옆에서 나의 책 쓰기를 위해 물심양면으로 헌신해준 남편의 사랑과 노고를 잊을 수 없다. 그리고 엄마의 책 쓰기를 응원해준 사랑하는 아들, 며느리들과 이 기쁨을 함께 나누고 싶다. 마지막으로, 항상 기도와 격려로 응원해주신 사랑하는 우리 엄마에게도 진심으로 감사를 드린다.

정예용

목 차

1장

글쓰기는 삶의 기적을 만든다

지금까지 이렇게 살아온 이유는 무엇이었을까?

독자 여러분들도 마찬가지겠지만 나 역시 이제까지 열심히 살아왔다고 생각해왔다. 그러나 이 순간, 아무것도 이루어놓지 못한 현실 앞에서 실망과 허탈함이 느껴진다. 그래서 이 시점에서 한번 나의 인생을 다시 돌아보기로 결심했다.

아버지는 내가 공무원이나 교사가 되길 바라셨다. 그러나 공무원보다는 교사로서 활동하는 것이 더 어울린다고 생각해서 아버지의 바람에 따라 ○○교대를 지원했다. 그러나 아쉽게도 불합격하게 되었다. 이후 아버지께서는 전산과를 지망하라고 제안하셨다. 그래서 진학한 대학이 ○○대학 전산과였다. 비록 공부는 제대로 하지 않았지만, 다행히 전산과에는 입학할 수 있었다.

그러나 대학을 진학한 후에도 나는 흥미를 느끼지 못했다. 수학이 약한 나에게는 수업 시간이 너무 지루하고 재미가 없었다. 오죽하면 응용통계를 권총(F학점)을 찼을까? 나는 탈출구를 찾아야했다. 그래서 흥미가 없는 전산과 대신 '학보사'에 관심을 가지게 되었다. 학보사는 교내 신문을 제작하는 곳이다. 그곳에서 수습기자를 모집한다는 소식에 한 치의 망설임도 없이 지원했다. 그러나 선배들은 수습기자인 나를 포함해서 우리 동기들을 너무 무섭게 대했다. 동아리 활동은 재미있어야 하는데, 학보사에 들어갈 때마다 선배들에게 혼날까 봐 늘 긴장해야만 했다.

전공과목에도 흥미를 느끼지 못하고, 동아리 활동에서조차 재미를 느끼지 못한 나는 갈 곳 없는 낙동강 오리알 신세였다. 엄격한 아버지 앞에서 솔직하게 말하지 못하고 어쩔 수 없이 학교에 다녀야만 했기 때문이다. 그렇게 나의 대학 생활은 전공과목에도, 동아리 활동에도, 흥미를 느끼지 못하고, 시간을 낭비하기만 했다. 생각해보면 교대를 지원하고 전산과를 선택한 것도 다나의 의지가 아닌 아버지의 바람에 따라 이루어진 것이었다. 이모든 것은 나의 꿈이 명확하지 않았기 때문이었다. 그렇게 나는 아버지의 요구에 따라 움직여야 했다. 하지만 나에게 분명한 꿈이 있었다면 확신을 가지고 아버지께 말씀을 드릴 수 있었을 것이다. 나에게 꿈이 없었기 때문에 아버지의 말씀대로 따랐다. 이렇게 보면 꿈은 참 중요한 역할을 한다. 꿈이 없다면 진로를 선택하는 것도, 나의 의지대로 이루어지지 않는다.

우여곡절 끝에 대학을 졸업하고 직장생활을 시작했다. 직장에서 현재의 남편을 만나 결혼을 하고 아이를 가지면서 직장을 그만두었다. 그리고 큰아이와 작은아이를 키우면서 오로지 살림과 육아에만 전념하게 되었다. 결혼 후 3년이 지날 무렵, 시부모님과 함께 살게 되었다. 그리고 아이들이 조금 더 크게 성장하게 되면서 다시 직장을 찾게 되었다. 나는 아이들을 시어머님께 맡긴 뒤 '벼룩시장' 광고를 보고, '학습지 교사'를 시작했다. 학습지 교사는 교사와 유사하지만, 교사라기보다는 영업의 일종이라고 할 수 있다. 내가 교사로서 역할을 수행하면서 과목을 빠르게 늘려 '분할'이라는 개념을 많이 활용했다면, 더 많은 수익을 창출할 수도 있었을 것이다. '분할'이란, 내가 수업하는 과목을 다른 학습지 교사에게 넘겨주는 것을 말한다. 그러나 나는 '교사'라는 직업에만 충실해지려고만 했다. 엄마들에게 자녀교육 상담뿐만 아니라 아이들의 성적 향상을 위해 최선을 다하는 데만 집중한 것이다. 그러나 아무리 열심히 해도 '휴회(과목을 선택한 아이들이 그만두는 것을 말함)'의 상황은 피할 수 없었다. 나는 회사에 그 사실을 알리지 않고 교재를 집에 가져다 놓았다. 과목 수에 따라 선생님에게 돌아가는 수수료의 지급률이 달라지기 때문에 낮은 지급률을 원하지 않았다. 그러다 보니 시간이 가면 갈수록 '휴회'로 인해 집에 쌓이는 교재가 더욱 많아졌다. 처음에는 '휴회'로 생긴 과목들을 우리 아이들에게 공부하게 했다. 그러나 그것도 잠시, 휴회로 인한 교재는 계속 쌓이기만 했다.

내가 관리를 하던 지역은 아파트가 아닌 일반 주택가였다. 이동 거리도 상당히 멀었다. 학습지 교사로서의 어려움 중 하나는 수업 시간표를 조정하는 일이었다. 옆집에 있는 학생과 연속적으로 수업을 진행하고 싶어도, 아이의 학원 시간과 겹치는 경우가 많았다. 그로 인해 다른 지역에 갔다가 다시 돌아와서 수업을 진행해야 하는 어려움이 있었다. 이러한 이유로 그 지역의 방문 교사가 3개월마다 바뀌었다는 것을 나중에 엄마들을 통해 알게 되었다. 그만큼 힘든 지역이었던 것이다. 그런데도 나는 그 지역에서 3년을 버텨냈다. 학습지 선생님 중에서는 미혼인 선생님들보다 아이를 키운 경험이 있는 기혼 주부들이 더 오래 일하는 것 같았다. 한동안 바뀌지 않는 선생님을 보고 엄마들이 좋아하게 된 것은 당연한 일이었다. 내가 학습지 교사로 일하게 된 것도 처음부터 하고 싶어서 한 것은 아니었다. 실제로는 우연히 벼룩시장에서 구인 광고를 보고 전화 한 통화로 급하게 결정된 일이었다. 상담해주신 분의 말만 듣고 더 정확하게 물어보지 않았다. 학습지 교사로 일하는 것보다 영업에 더 집중해야만 더 많은 돈을 벌 수 있다고 생각했다면 좀 더 신중했을지도 모른다. 나는 영업에 소질이 없었기 때문이다.

개인 사정으로 학습지 교사를 그만둔 나는 2004년부터 보험 설계사를 하기 시작했다. 나는 수줍음이 많아서 친정어머니조차도 내가 보험설계사를 할 거라곤 전혀 예상치 못했다고 한다. 그러나 아이를 키우던 전업주부가 할 수 있는 일이라곤 그리 많지 않았다. 보험회사에서 시험을 보자는 제안을 받았을 때, 거절할 수 없었고, 시험에 합격하게 되면서 보험영업 현장에서 일하게 되었다. 나의 의지와 상관없이 보험영업 현장에서 다양한 경험을 하게 되었다. 처음 보험회사에 들어가면 100명의 가망고객을 적으라고 한다. 그 사람들이 나에게 보험에 가입해줄 유망고객들이기 때문이다. 아는 사람들이 그리 많지 않았기 때문에 나는 100명을 채우는 것이 정말 어려웠다. 게다가 가까운 사람에게 적극적으로 다가가서 이야기하는 것은 나에게는 상당히 어려운 일이었다. 그러나 교육 담당자들은 이러한 생각이 잘못된 것이라고 말했다. 만약 그 고객들에게 어떤 사고가 생긴다면, 가입한 보험 상품을 통해 도움을 줄 수도 있다는 이유였다.

교육을 받다 보면 그것이 진실인지, 아닌지에 상관없이 사실대로 받아들이게 되는 경향이 있다. 하지만 주저하며 가지 않았을 때, 다른 사람이 먼저 가서 계약을 맺는 상황이 실제로 일어나게 되었다. 나는 더 이상 망설이지 말아야겠다고 생각하게 되었다. 교육을 같이 받은 동기들은 다들 계약을 잘해왔고, 상대적으로 업적이 부진한 나는 쥐구멍에라도 들어가고 싶은 심정이었다. 인맥이 없으면 큰 계약을 할 수 없다는 사실을 다시 한번 실감할 수 있었다. 나는 큰 계약은 하지 못한 채 작은 계약을 하면서 한 달, 한 달 버티어나가고 있었다. 그래서 생각해낸 방법이 처음에는 소관 계약자들을 찾아가는 것이었다. '소관'이란 기존의 계약자들을 의미한다. 그들은 보험을 가입했어도 자신에게 보험을 가입시킨 담당 설계사가 그만둔 사람들이다. 나는 그들을 찾아가서 가입한 보험의 보장 내용을 상세히 설명해주었고, 친해지려고 무던히도 노력했다. 그들이 나에게 마음을 열지 않으면, 나의 고객이 될 수 없기 때문이었다. 시간이 지나면서 고객들이 반응을 보이기 시작했고, 소관에서 추가 계약이 나오기 시작했다.

2010년부터는 '개척'이란 것을 도입하기 시작했다. 개척이란, 특정 지역을 정해놓고 매일 인사를 하며 고객들과 관계를 형성해나가는 것이었다. 말 붙이기가 어려워 처음에는 좋은 글을 출력해서 한 장씩 나누어주며 읽어보라는 말을 하기도 했다. 그리고 좀 더 시간이 지나면서 직접 내가 쓴 글을 나누어주며 친해지려고 노력했다. 어떤 설계사는 매일 신문을 가져다주며 안면을 트기도 했다. 고객과 조금 친해지면서, 고객이 커피를 대접해주는 경우도 있었다. 커피를 마시며 이야기하는 동안에도 다른 보험회사의 설계사들은 여전히 전단지를 주고 다니는 모습을 볼 수 있었다. 엄밀히 따지면 그들도 나의 경쟁자였다. 그렇게 보험영업을 하면서 가정적으로도 여러 어려움을 겪었지만, 그러는 사이 17년이라는 세월이 훌쩍 지나갔다.

학습지 교사와 마찬가지로 보험설계사의 업무는 영업이라는 특성상, 내성적이고 수줍음이 많은 사람이 선택하기 어려운 일이었다. 보험회사에서는 영업할 사람이 필요했기 때문에, 시험을 통해 보험설계사를 채용하기를 원했을 것이다. 하지만 그 일을 시작하려는 사람들의 성격과 맞는지는 전혀 고려 대상이 아니었다. 아무리 시험을 와서 보라고 해도 스스로 물어보고 올바른 선택을 해야 했다. 거절을 못 하는 것은 결코 자랑스러운 일이 아니다.

이렇게 내가 학교를 선택하고 직업을 찾게 된 과정을 이야기해보았다. 나는 처음부터 내가 무엇을 해야 할지, 무엇을 좋아하는지 전혀 알지 못했다. 나에 대해 아무것도 모르는 상태에서 아버지의 권유에 따라 진로를 선택하게 되었다. 직업에 대해서도 깊이 생각하지 않고 그때그때 눈에 띄는 기회나 인연에 의해 선택했다. 그리고 그 후로는 그냥 앞만 보고 달려왔다. 단 한 번도 그 선택이 잘못된 것이라는 것을 인지하지도 못하고, 그저 성실하게 살기만 하면 된다고 생각했다. 나의 부모님 세대처럼 나 역시 그렇게 살아온 것이었다. 하지만 이것이 문제의 핵심이었다. 왜 내가 열심히 살았음에도 불구하고 아무런 성취를 이루지 못했는지 60살이 된 지금에서야 깨달을 수 있었다.

과거의 나와 이별하다

과거의 나는 스스로 무엇을 좋아하는지, 나 자신에 대해 전혀 알지 못했다. 그런 무지로 인해 진로를 선택하고 직업을 선택할 때도, 내 성격과 어울리지 않은 일을 선택하며 시간을 낭비했다. 이제는 그렇게 하지 말아야 했다. 시간이 부족하다. 하지만 그러기 위해서는 단호한 의지가 필요하다. 이제는 더 이상 내가 하고 싶지 않은 일을 생계를 위해 선택해서는 안 된다. 그런데도 나는 여전히 과거의 나 자신과 이별하는 것을 힘들어하고 있었다.

2020년, 코로나가 가장 심각한 시기에 나는 보험회사를 그만두게 되었다. 생각해보니 처음부터 그만두려고 마음먹은 것은 아니었다. 같이 식사한 친한 동생이 코로나 양성 반응이 나와 나도 검사를 받게 되었다. 당시에는 코로나 확진자와 식사 후, 음성 판정을 받았어도 밀접 접촉자로 분류되어 자가격리를 해야했다. 그렇게 자가격리 기간이 길어지면서 나는 집에 있는 것이 너무 좋았다. 편안함 속에서 심심함을 달래기 위해 글쓰기를 시작했다. 실적에 대한 부담이 없으니 마음껏 즐길 수 있었다. 오랜만에 느껴보는 편안함이었다.

남편은 그런 나에게, "이참에 보험회사를 그만두는 게 어때?"라고 말했다. 그도 그럴 것이 내가 매달 초와 매달 말일만 되면, 업적 때문에 힘들어하고 있다는 것을 알고 있었기 때문이다. 보험회사는 매달 초엔 빨리 계약을 하라고 하고, 말일에는 계약 성과를 맞추라고 했다. 게다가 지금 사는 경기도 화성으로 이사를 온 이후부터 나의 출퇴근 시간은 두 배로 늘어났다. 처음에는 그런 남편에게 보험회사를 계속 다니겠다고 했다. 그러나 자가격리가 끝나는 시점이 다가올수록 마음이 점점 불안해지기 시작했다. 화성에서 신촌까지 출퇴근하려면 2시간씩 왕복 4시간이나 걸렸기 때문이었다. 나는 5시에 일어나서 6시에는 집을 나와야했다. 하루하루가 전쟁처럼 느껴졌다. 점점 고민이 깊어지기 시작했다.

'남편 말대로 그만두어야 할까?' 시간이 갈수록 출근하기가 싫어졌다. 하지만 고객들에게 미안한 생각이 들어 얼른 결정을 내리지 못하고 있었다. 그동안 영업이 나에게 맞지 않는다고 생각하면서도 그만두지 못한 이유는 나에게 계약을 한 사람들을 '고아계약자'로 만들고 싶지 않았기 때문이었다. '고아계약자'란, 보험에 가입시킨 보험설계사가 그만둔 보험계약자를 말한다. 처음 '소관(기존의 계약자)'을 받고 고객들을 찾아가 보았다. 자신들이 믿고 계약해준 설계사들이 그만둔 것에 대한 배신감과 상처는 이루 말할 수 없었다. 나는 소관 고객들을 만날 때마다 책임감 없이 그만두지 않을 것이라고 말했다. 만약 내가 그만둔다면, 그것은 죽거나 병들거나 다쳤을 때라고 했기 때문에, 고객과의 약속을 지키고 싶었다.

그러나 가만히 생각해보니 어차피 평생 다닐 수는 없는 일이었다. 그리고 무엇보다 내가 그 일을 더 이상 하고 싶지 않았다. 처음에 경기도 화성으로 이사 왔을 때는 2시간씩 걸려도 힘들다고 생각하지 않았다. 그러나 언제부턴가 어깨통증은 계속되었고, 이렇게 아픈 몸으로 계속해서 실적에 대한 부담을 가지며 다닐 수는 없다는 결론을 내리게 되었다. 그동안 너무 내 몸을 혹사시켰다. 이제는 더 이상 다른 사람들 때문에 이 일을 계속하면 안 된다는 생각이 들었다. 무엇보다 내 몸이 소중했기 때문이다. 이제는 나를 챙겨야 했다.

보험회사를 그만두기로 마음은 먹었지만, 고객들에게 어떻게 설명해야 할지 고민이 되었다. 나는 나의 오래된 고객들에게 말도 없이 그만두는 일은 절대로 하고 싶지 않았다. 직접 만날 수 있는 고객들은 일일이 찾아다니며 인사를 했다. 그리고 그렇게 할 수 없는 분들은 문자나 전화로 내가 그만두는 것을 알리는 데 최선을 다했다. 그렇게 그만두기까지 3개월이라는 시간이 걸렸다. 고객들은 생각보다 이해를 잘해주었다. 그렇게 17년 동안 해 왔던 일들을 정리해나가는 일은 힘들었지만, 그런 나 자신이 대견해 보였다.

쉬면서 어깨통증 때문에 병원을 열심히 다니며 도수치료도 받고 물리치료도 받아보면서 낫기를 기대했다. 그러나 여전히 어깨통증은 사라지지 않았다. 나는 보험회사를 그만둘 경우를 대비해서 취득한 요양보호사 자격증과 사회복지사 자격증이 떠올랐다. 자격증을 취득하고 사용하지 않을 거라면 무엇하러 취득했는지 의문이 들었다. 그러나 곧 자격증을 사용해야 한다는 생각이 잘못된 것임을 깨닫게 되었다. 이 자격증들 역시 다른 사람들이 가지고 있으면 도움이 된다고 해서 취득한 것일 뿐, 그 이상도 그 이하도 아니었기 때문이다.

이 직업이 나에게 맞는지를 생각하지도 않고, 그저 남들처럼 노후 대비용으로 준비한 것이었다. 따라서 나에게 맞지 않는 직업이라면, 그 자격증에 대한 미련을 가지지 않아도 되는 것이다. 그 자격증을 얻기 위해서 투자한 시간과 에너지들을 생각할 때 억울하고 속상하기도 했다. 하지만 어쩔 수 없었다. 게다가 내나이를 생각할 때 사회복지사를 시작하기에는 정년이 얼마 남지도 않았다. 설령 그 일을 하게 된다 해도 컴퓨터 기반의 업무가 많아서 나의 능력으로는 어림도 없는 일이었다.

물론 요양보호사라는 직업은 마음만 먹으면 방문 요양보호사로서 일할 수도 있다. 한 타임이라도 뛰어서 일정한 수입을 얻을 수 있을 테니, 노는 것보다는 나을 수도 있을 것이다. 하지만 실제로 그 일을 하는 사람들의 이야기를 들어보니 그런 마음이 사라졌다. 요양보호사를 인격적으로 대우하지 않는 사람들이 생각보다 많다는 사실을 알게 되었기 때문이다. 만약 내가 요양보호사 일을 하게 된다면 나는 또다시 과거의 나로 돌아가게 되는 것이다. 그리고 자신과 맞지 않는 일을 하며 시간을 낭비하는 상황이 벌어지게 될 것이다. 도박이나 마약만 끊어야 하는 것이 아니었다. 현재 하는 일이 미래의 나와 어울리지 않는다면, 그것도 과감히 끊어야만 하는 것이다. 이렇게 나는 과거의 나와 이별하는 일이 너무나 힘들었다. 하지만 이제 생각해보면 그 결정은 정말 잘했다고 믿는다. 그것이 아무리 힘들고 아프더라도 진짜 나를 찾기 위해서는 이별해야 한다는 것을 알게 되었기 때문이다.

2022년 9월에 남편이 직장을 그만두게 되었다. 남편도 직장을 그만두기까지 많은 고민이 있었다. 나는 남편에게 알아서 결정하라고 했지만, 마음으로는 그냥 다니면 좋겠다는 생각이 더 강했다. 내가 이미 직장을 그만둔 상태에서, 남편까지 직장을 그만두면 생계가 어려워질 수 있기 때문이었다. 남편이 어떤 결정을 하더라도 존중하기로 했지만, 나의 말과 생각은 달라도 너무나 달랐다. 남편이 직장을 그만두기 전까지는 월급이 나오기 때문에, 안심하며 글쓰기에 전념할 수 있었다. 그런데 남편마저 직장을 그만둔다면, 어떻게 생활해야 할지 걱정이 되었다. 하지만 나의 경우처럼 남편도 언제까지 스트레스를 받아가며, 현재의 일을 하게 할 수는 없었다. 남편은 2013년에 암으로 진단받았고, 2022년 5월에 또 다른 암 진단을 받았다. 암에 치명적이라는 스트레스를 받아가며 계속 일을 하라고 할 수는 없는 노릇이었다. 한 번도 아니고 두 번이나 암에 걸린 남편에게 직장을 다니라는 요구를 한다는 것은 너무 잔인한 일이었다. '그래, 설마 굶어 죽기야 하겠어!' 이런 생각이 들자, 나는 남편이 직장을 그만두는 것을 긍정적으로 생각하게 되었다.

내가 보험회사에 다니며 힘들어했던 만큼 남편도 자기 일에서 내가 모르는 스트레스가 많았을 것이다. 아내의 응원에 힘입은 남편은 회사에 사직서를 제출하고, 보기 좋게 직장을 그만두었다. 남편 또한 이제는 그동안 해왔던 일을 그만두고 싶은 마음이 확고해 보였다. 가끔 통화를 할 때마다 지인들은 우리가 생계를 위한 활동을 하지 않고도 잘살고 있다는 것을 부러워하는 것 같았다. 남의 속도 모르고. 그러나 나는 그런 이야기를 하고 싶지 않았다. 그렇게 말한다고 상황이 달라질 게 없을 테니까.

그러는 가운데 남편과 함께 장애인에게 출퇴근을 시켜주는 장애인 활동 보조인 자격증에 대해 알게 되었다. 우리는 어떻게든 최소한의 생활비라도 벌어야 한다는 생각으로 자격증 이론 수업을 듣기 시작했다. 그러나 수업을 들을수록 그 일을 하면 안 된다는 생각을 하게 되었다. 자신들을 돌봐주는 활동 보조인이 잠시만 일하고 그만두게 되면, 그들에게 상처를 주는 일이 될 수도 있다는 것을 깨달았기 때문이다. 아무래도 쉽게 인연을 맺으면 안 될 것 같았다. 결국 우리는 아무리 마음이 급하더라도 우리에게 맞는 일을 찾을 때까지는 힘들더라도 견뎌보기로 했다. 우리는 지금처럼 우리가 원하는 미래를 준비하면서 지내기로 한 것이다. 그리고 그 자격증에 대한 미련은 더 이상 갖지 않기로 결심했다. 단지 정보를 얻었다는 것에 만족하기로 했다.

과정은 힘들고 어렵긴 하지만, 나는 내 꿈을 향해 달려가고 있다. 한 걸음, 한 걸음 나아갈 때마다 나의 꿈이 점점 더 보이는 것 같다. 위기는 새로운 기회라고 하지 않았던가. 나는 지금의 이 위기를 담담히 받아들이고, 새로운 기회를 찾으려 한다. 글을 쓰며 나를 성찰하는 것은 물론, 더 큰 기회를 찾으려면, 작은 것은 포기할 줄 알아야 한다. 현재의 나는 내가 아니다. 앞으로 나의 미래가 어떻게 펼쳐질지 알 수 없지만, 내가 희망하는 그 모습을 그려가며, 행복한 날들을 상상하고 있다. 과거의 나와 이별하는 것은 생각만큼 어렵지도, 힘들지도 않았다. 다만 용기가 필요할 뿐이었다.

내 인생은 나의 것이다.

취업 대신 글쓰기를 선택한 이유는

'17년 동안 보험 일을 해왔지만, 그 일이 100% 나에게 맞지는 않았다.'
'그럭저럭 지금까지 일했지만, 더 늦기 전에 정말 내가 하고 싶은 일을 해야겠다.'
'더 늦기 전에.'
'늦어지면 늦어질수록 후회할 것만 같다.'

이 글은 2021년 어느 날 내가 쓴 일기의 일부분이다.

나는 코로나로 인해 집에서 자가격리를 하게 되었다. 그 당시 보험영업에 대한 고민이 깊어졌고, 이후 작성한 내용이다. 보험

영업이 힘들 때마다 이런 고민을 했었지만, 생계를 유지해야 하고, 다른 선택지가 없다는 생각 때문에 일을 미뤄왔다. 내 마음속에서는 계속 논의되고 있었지만, 나는 모르는 척했다. 그렇게 나에게 맞지 않는다고 생각하면서도 17년 동안 참아왔다. 그러나 계속 이런 방식으로 산다면 나는 스스로를 기만하는 것 같았다. 내가 원하는 것을 알기 위해서는 지금이라도 내면의 소리에 귀를 기울여야만 한다. 내가 무엇을 잘하고 있는지 알지 못하면서, 더 이상 다른 직장을 찾는 일은 하고 싶지 않다. 이런 나를 누군가는 한심하게 생각할 수도 있다.

'지금 나이에 무슨 글쓰기를 하겠다고.'
'글쓰기를 하면 돈이 나오나, 밥이 나오나.'

대학에서 학보사 수습기자를 한 경험 외에는 글쓰기는 내 인생에서 큰 비중을 차지하지는 않았다. 그러나 그 짧은 경험이 내 인생을 바꾸어놓을 거라는 믿음이 생겼다. 그래 한번 찾아보자.

블로그를 운영하면서 다른 사람의 블로그를 통해 많은 정보를 얻을 수 있었다. 그러던 중 잡지사에서 중장년을 대상으로 은퇴 후의 모습에 대한 글을 응모하는 소식을 접하게 되었다. 이벤트에 참여하는 것도 글쓰기에 대한 동기부여가 될 것 같아 일단 응모하기로 결심했다. 제출하기 전에 훑어보니 꽤 마음에 들었지만, 시간이 부족하다는 생각도 들었다. 그래도 관심 있는 주제라서 빠르게 응모했다. 물론 수상에 들지 못했지만 오랜만에 도전해본 독특한 경험이었다. 그때 응모한 분야가 산문이었고, 주제는 '앞으로 꿈꾸는 나의 모습'이었다.

2029년 ○○월 ○○일

거실에서는 잔잔한 음악이 흘러나오며, 지금은 남편과 함께 모닝커피를 마시며 이야기를 나누고 있습니다. TV에서는 여전히 경기가 어렵다는 소식이 전해지고 있습니다. 우리 부부는 투자로 얻은 수익금을 다시 부동산에 재투자하고 있습니다. 또한 경매에도 조금씩 참여하고 있습니다. 이에 따라 우리 가정의 자산은 해마다 증가하고 있으며, 다양한 플랫폼을 통해 들어오는 수익금도 상당 부분 차지하고 있습니다. 아침 식사 후에 남편은 운영하는 카페를 몇 군데 돌아보기 위해 준비하고 있고, 저는 바로 수영을 하러 나갈 예정입니다. 집에 수영장이 있어서 저는 소중한 시간을 더 많이 활용할 수 있습니다. 나이가 들어가며 우리에게 더 필요한 것은 시간뿐이라는 결론을 내렸습니다.

이렇게 매달 돈이 들어오는 시스템을 구축해야만 은퇴 후의 생활이 안정적이라 생각했다. 그런 시스템을 구축하는 것이 나의 앞으로의 목표이며 꿈꾸는 모습이다. 그리고 그 꿈을 반드시 이루고 싶었다. 그래서 그 내용으로 응모했다. 나는 다시 취업해서, 나의 삶을 월급에 의지하며 살고 싶지 않았다. 내가 생각하는 시스템 구축 방법은 국민연금 이외에도 유튜브, 블로그, 그리고 책 쓰기 등이었다. 그중에서도 블로그는 현재 진행 중이고, 이번에 내 책이 출판되었으니 이미 두 가지는 이루었다. 이전에는 유튜브를 하는 사람들이 너무 많아서 지금 시작해봐야 효과가 없으리라 생각했다. 그러나 이제는 생각이 바뀌었다.

유튜브를 하는 사람이 많더라도 나의 정보를 필요로 하는 사람들은 항상 있을 것이기 때문이다. 따라서 지금도 시장은 열려 있다고 볼 수 있다. 책을 좋아하고 글쓰기를 좋아하는 나에게 블로그는 여전히 매력적인 도구다. AI 시대에 글쓰기는 이제 필수로 해야 하는 일이 되었다. 또한 창의력을 기반으로 해야 하므로 더욱 중요하다. 나의 경험을 공유하는 글쓰기는 여전히 경쟁력이 있다. 사람은 자기 미래의 모습을 꿈꿀 때 가장 행복감을 느낀다. 2년 전에도 나는 지금과 똑같은 생각을 했고, 지금도 변함이 없다. 그때나 지금이나 같은 마음인데 어찌 다른 길을 선택할 수 있겠는가? 나는 나의 꿈꾸는 모습을 위해 오늘도 글을 쓰며 나에 대해서 알려고 노력하고 있다.

대부분의 직장인은 다람쥐가 쳇바퀴 돌 듯 아침에 일어나면 출근하고 저녁에 퇴근하는 반복적인 생활을 하고 있다. 우리 집도 다른 직장인들의 모습과 크게 다르지 않았다. 60세를 맞이하며 30년 이상 결혼생활을 해왔지만, 모아둔 자산이 많지 않다. 여전히 주택대출금을 갚아야 한다. 이러한 상황에서는 경제적 자유를 누리기 힘들고, 은퇴 후에도 계속해서 생활을 걱정해야 한다. 그러나 보험회사를 그만두고 집에 있더라도 다시 직장생활을 하며 살고 싶지 않았다. 지금까지 직장생활을 하면서 큰돈을 모으지 못했는데, 다시 또 직장생활을 한다고 해서 경제적으로 나아질 가능성은 희박하기 때문이다.

나는 영업을 하면서도 실적을 생각하기보다는, 광화문 글판에 올라온 글을 읽을 때 더 재미있고 행복했다. 참 이상하다고 생각할 수 있겠지만, 나는 영업을 하는 사람이면서도 엉뚱한 데 관심이 많았다. 광화문 글판은 1991년 교보생명 대산 신용호 창립자님의 뜻에 따라 시작되었다. 교보생명 광화문 본점 사옥에 걸려 있어 계절마다 시나 노래 등으로 총 네 차례씩 문구를 변경하고 있다. 이 글판은 지나가는 사람들에게 많은 용기와 위로를 주고 있을 것이다. 내가 그랬으니까. 나도 힘들 때마다 이 글판에 있는 글을 통해 많은 위로를 받았다.

어떤 영업이든 영업을 하는 사람들은 다음 주에 만날 고객과 약속을 미리 잡아야 한다. 미리 약속을 잡는 것과 잡지 않는 것은 큰 차이가 있다. 그래서 나 역시 한동안은 약속을 잡기 위해 토요일에도 출근했다. 그러나 주말이라 전화를 안 받는 사람들이 많은 날은 고객들에게 편지를 썼다. 약속을 잡는 일보다 그 일이 더 재미있었기 때문이다. 나는 편지를 어떻게 작성해야 하는지 관련 책을 구입해서 그대로 실천해보았다. 그 책에는 계절별로 인사 편지를 보내는 법이나 고객을 방문하기 전과 후에 편지를 보내는 방법에 대한 가이드가 있었다. 그래서 소개받은 후에는 계약 후 감사 편지를 보내보았다. 또한 그 책을 참고해서 소관(기존의 계약자) 고객을 만나기 전에는 한 달에 한 번씩 편지를 보내보기도 했다. 그 결과, 몇 번의 편지를 받은 고객들의 전화 반응이 더 좋았다는 것을 알 수 있었다.

고객은 이미 편지를 받았기 때문에 내 이름을 기억하고 있었다. 나는 그 책에서 설명하는 대로 다 따라 하지는 못했다. 종류가 많아서 토요일 하루에 다 처리할 수 없었기 때문이다. 그러나 그 책을 보고 나름대로 많은 시도를 해보았다. 자필 편지가 고객에게 감동이 된다는 이야기를 듣고 한동안 자필 편지를 열심히 써보기도 했다. 이런 인사 편지를 보내는 것이 영업에 도움이 된다는 것은 맞다. 그러나 나는 이 부분에 너무 많은 시간을 할애했다. 주객이 전도된 것처럼 다른 중요한 업무를 소홀히 한 셈이다. 이것을 감성 마케팅이라고 하는데, 나는 영업보다 어쩌면 이런 마케팅이 더 잘 어울렸는지도 모른다.

글쓰기를 통해 나는 나의 그동안의 행적을 돌아보았고, 결국 취업을 통해서는 내가 원하는 인생을 살 수 없다는 결론을 얻었다. 바로 이것이 내가 취업 대신 글쓰기를 선택한 이유다. 글쓰기가 나의 인생을 획기적으로 바꾸어놓을 것이라는 그 기대감! 나는 이 기대를 더 이상 저버리고 싶지 않다. 아니 저버려서도 안 된다. 계속해서 나에게 노크를 하는 이 사실 앞에 나는 겸허히 받아들이고 인정해야만 한다. 이전처럼 그 사실을 무시하거나 무시한다면 나는 나에게 솔직한 사람이라 할 수 없다. 이제는 나에게 솔직해져야 한다. 다른 사람도 아닌 나 자신에게 더 이상 거짓말을 해서는 안 된다.

그냥 대충 살라고? 그럼 내 노후는?

취업 대신 글쓰기를 선택한 이유에 대해서는 앞 장에서 설명했다. 나는 지금 그 길을 걷고자 한다. 그러나 다른 사람들과 달리 노후 준비가 충분하지 않아서 내가 선택한 길이 순탄하지 않을 수도 있다. 나는 3년 동안 학습지 교사로 일하고, 보험회사에서 17년 동안 근무한 경력이 있다. 따라서 노후를 위한 준비는 걱정할 필요가 없으리라 생각하는 사람도 있을 것이다. 물론 이 정도 경력이라면 연금도 충분히 준비되어 있어야 한다. 그리고 연금이 충분히 준비된 설계사들도 당연히 많다. 그러나 나는 보험회사에 근무하며 연금에 가입하기는 했지만, 대부분은 끝까지 유지하지 못했다.

남편은 직장을 그만두고 사업을 시작했지만, 자본과 경험이 부족해서 시작한 사업은 순조롭지 못했다. 수금이 이루어지지 않으면서 직원들에게 지급되어야 할 월급은 너무나도 빨리 돌아왔다. 우리는 부족한 돈을 채우기 위해 카드를 돌리며 버텨보려고 노력했지만, 아무런 소용이 없었다. 더욱이 분양받은 아파트는 이자 부담으로 인해 은행에 넘겨야 하는 상황까지 이르렀다. 남편은 결국 모든 정리를 나에게 맡기고, 중국으로 가서 다시 재기의 기회를 찾아보았다. 그러나 3년 후 돌아온 남편의 모습은 그곳에서도 편안한 상황이 아니었음을 말해주고 있었다.

남편이 해외에 있는 동안에도 나는 홀시아버님을 모시며 아이들과 살아내야만 했다. 그러나 내 소득으로는 한계가 있어서 아이들과 사는 전셋집의 보증금을 줄여 이사를 해야만 했다. 그 당시 아이들은 중학교와 고등학교에 다니는 가장 중요한 시기였다. 아이들에게 미안한 마음은 말로 다 표현할 수 없었다. 좁은 집으로 이사를 하게 되었지만, 아이들은 힘들다는 말 한마디도 하지 않았다. 나 역시 아이들이 있었기에 견딜 수 있었다. 그러나 너무 힘든 날은 잠자리에 들기 전에 혼자서 하나님께 매달려 기도했다.

"하나님! 내일 아침이 되면 제가 이곳에 있지 않고 천국에서

눈뜨게 해주세요!"

　이렇게 기도할 정도로 나의 삶은 너무나 힘들고 고달팠다. 그런 상황에서는 소득이 끊어질 수밖에 없었고, 연금보험을 계속 납입하는 일은 쉬운 일이 아니었다. 그래서 계약이 없을 때마다 새로운 연금보험으로 가입하고, 기존의 연금은 해지해서 사용해야 했다. 보험회사의 연금은 일정 기간 납입하면 어느 정도 원금이 보장되는 형태로 되어 있다. 이자는 없었지만 수당으로 받은 금액을 이자로 생각하고, 그 연금보험을 소득이 끊길 때마다 사용했다. 불안정한 소득을 가지고 살아가는 것은 정말 힘든 일이었다. 따라서 연금을 해지하는 것은 자연스러운 선택이었고, 그렇게 생활하는 것만으로도 감사할 일이었다. 이처럼 안정된 생활이 이루어지지 않으면 적금이나 연금을 준비하기도 어려운 법이다. 설령 준비했다 해도 끝까지 납입하는 일은 쉽지 않다.

　마침 사업을 정리하고 해외에 갔던 남편이 돌아오게 되었다. 그곳에서의 생활이 어땠을지 짐작이 갈 만큼 피로한 모습이었다. 그러나 남편은 가장이라는 책임 때문에 집으로 돌아와서도 하루도 쉬지 못하고, 바로 새로운 직장으로 나가야 했다. 일이 너무 바빠서 집에 늦게 들어오는 날이 많았고, 심지어 못 들어오는 날도 있었다. 그러나 우리의 생활은 여전히 나아지지 않았다.

그러는 사이 시아버님께 어려운 일이 생겼다. 시아버님은 그전부터 약간 치매 증상을 보였지만, 나는 시아버님만을 돌볼 여유가 없었다. 그렇게 혼자 다니시다가 그만 교통사고를 당하게 되었다. 가해자는 다른 사람의 차를 운전한 사람이었고, 공교롭게도 무보험자였다.

'하필 그런 사람에게 사고가 날 게 뭐란 말인가?'

게다가 형편이 어려운 사람이라서 보상받기도 어려웠다. 우리는 어쩔 수 없이 그 사람의 처지를 생각해서, 형편이 나아지면 갚겠다는 약속만 믿고, 그냥 합의해주었다. 그러나 그 약속은 그때뿐이었다. 그 모든 부담은 고스란히 우리의 몫이었다. 시아버님은 그 사고로 인해 병원에 입원하게 되었지만, 다리를 다쳐서 혼자 화장실을 다니실 수 없는 상황이었다. 그래서 내가 자리를 비울 때는, 큰아들과 작은아들이 번갈아가며 시아버님 곁에 있어야 했다. 하지만 어린아이들이 할아버지의 수발을 드는 것은 나이에 어울리지 않는 벅찬 일이었다.

아이들은 무엇을 해야 할지도 모르는 상황에서, 간호사에게 제대로 돌봐드리지 못한다는 말을 들으며 혼나기만 했다. 일을 마치고 병원에 도착한 순간, 아이들은 내 얼굴을 보고 하염없이 울기만 했다. 그 모습을 보며 마음이 너무 아팠다.

'아이들이 무슨 죄가 있다고 할아버지 옆에서 돌봐드리라고 했나?'

그래서 시아버님을 더 이상 병원에 계시게 하면 안 될 것 같았다. 결국 시아버님은 요양원으로 모시게 되었고, 그곳에서 생활하시게 되었다. 시아버님은 7년간을 요양원에서 보내시다가 91세의 나이에 눈을 감으셨다.

해외에서 귀국한 남편은 새로운 직장에서 열심히 일하며 나름대로 최선을 다했지만, 일이 쉽게 풀리지 않았다. 보증금도 많이 소진되어 다시 이사해야만 하는 상황에 처했다. 시아버님이 요양원에 입원하신 후 2~3년 지났을 무렵, 친정아버지도 뇌졸중으로 입원해서 요양원으로 가시게 되었다. 우리는 친정아버지를 요양원에 모시고, 혼자 계신 어머니 집으로 이사하기로 했다. 친정어머니 혼자 계시면 적적하기도 하고, 우리도 다른 집으로 이사를 해야 하는 상황이었기 때문이다. 다른 집으로 이사를 해서 월세를 내는 대신, 어머니께 그 월세를 드리면 생활에 도움이 될 것 같다는 판단을 내렸다. 하지만 우리 네 식구가, 그것도 장성한 두 아들이 20평의 좁은 공간에서 보내려니 불편한 점이 한둘이 아니었다. 그래도 희망을 가지고 이겨내기로 마음먹었다. 그러던 어느 날, 남편의 오른쪽 귀밑에 작은 혹이 발견되었다. 처음에는 작았지만, 시간이 지날수록 그 크기가 계속 커져만 갔다.

나는 남편에게 얼른 병원을 가보라고 권유했지만, 바쁘다는 이유로 차일피일 미루고 있었다. 남편의 일은 해외에서 진행되는 프로젝트가 많아서 완료되기 전까지는 시간을 내는 일도 그리 쉬운 일이 아니었다. 결국, 남편도 더 이상 미룰 수 없다는 판단에 병원을 찾아가 보기로 결심했다. 당시에 ○○생명을 다니고 있었던 나는 내가 가입한 보험을 통해 대학병원에서 배우자의 진료 예약을 할 수 있는 서비스를 이용했다. 병원에서는 남편의 혹을 관찰한 후, 수술만 하면 된다고 우리 부부를 안심시켜 주었다. 그래서 수술받고 퇴원한 후에는 조직검사 날짜만을 기다리고 있었다. 그러나 마른하늘에 날벼락이라고, 병원의 의사 선생님으로부터 뜻밖의 이야기를 듣게 되었다. 수술 후 조직검사를 다시 진행한 결과, 암으로 진단되었다. 그 순간 우리는 아무 말도 못 하고 서로를 바라보기만 했다. 더 이상 무슨 말이 필요하겠는가? 그동안 고생해온 남편이 너무 측은하게 느껴졌다.

'지지리도 복도 없는 사람 같으니!'
'사업을 하다가 실패하고 다시 일어서기 위해 해외로 나가서

도 죽을 고생만 하고.'

'이제 좀 열심히 살아보려고 했더니 지금까지 고생한 것도 모자라 암이라니!'

'도대체 우리의 시련은 어디까지란 말인가?'

남편은 의사의 권유에 따라 방사선 치료를 받기로 했다. 그러나 나는 봉제공장에서 일하시는 친정어머니가 더 걱정되었다. 이소식을 들었을 때 충격이라도 받으실까 봐 걱정되어서 도저히 말씀드릴 수 없었다. 그래서 남편은 친정어머니가 아침에 출근하시기 전에 먼저 나와, 직장에 가는 척했다. 그리고 밖에서 기다린뒤, 친정어머니가 집에서 나오신 후에, 다시 집으로 들어와서 쉬어야 했다. 그러나 치료받는 동안 친정 큰아버지께서 돌아가셨다는 연락을 받게 되었다. 방사선 치료를 받는 남편을 배려해서 나혼자 장례식에 참석하기로 마음먹었다. 그러나 혼자 가게 되면친정어머니께서 궁금해하실까 봐, 어쩔 수 없이 오빠에게 이 사실을 알려야 했다. 결국 오빠를 통해 그 사실을 알게 된 친정어머니의 마음이 어떠했을지 지금도 죄송한 마음이 든다.

남편이 암에 걸린 사실을 친정어머니가 알게 된 후, 남편은더 이상 출근하는 척하지 않고, 방사선 치료를 받으러 병원에 다니게 되었다. 그렇게 27회의 방사선 치료를 받으며 남편은 힘든 과정을 잘 견뎌냈다. 그 후 너무 힘든 남편은 한동안 집에서 휴식을 취해야만 했고, 몸이 아프니 자꾸 짜증을 냈다. 남편이 스트레스를 받는 것이 친정어머니의 좁은 집에서 지내는 것 때문이라는 생각이 들었다. 그래서 암 진단비로 나온 보험금에 대출을 받아서 지금 사는 집으로 이사를 했다. 그 후 우리는 그 대출 이자를 갚으면서 현재까지 살아가고 있다.

현재 나의 상황에서는 여유로운 시간을 갖기 어렵다. 더구나 지금은 둘 다 쉬고 있지 않은가? 집에서 쉬고 있다고 말하면, 우리의 상황을 모르는 사람들은 놀러 다니며, 여유롭게 지내라는 말을 한다. 그럼, 얼마나 좋겠는가? 나도 그렇게 하고 싶다. 하지만 내가 공무원이나 선생님으로 일하다가 은퇴를 한 게 아니니, 그들처럼 연금을 받을 수 있는 상황이 아니다. 연금이 많이 나오는 사람은 얼마든지 원하는 대로 여유로울 수 있겠지만, 나는 그렇지 못하다. 현재는 책을 쓰며 퍼스널 브랜딩을 하기 위해 파이프라인을 구축해나가고 있다. 그렇게 함으로써 나의 미래는 밝고, 희망찬 것으로 바뀔 것이다.

우연히 시작한 글쓰기

직장을 그만두고 집에 있으니 너무 행복하고 기분이 좋았다. 늦잠을 잘 수도 있고, 번거롭게 마스크를 써가며, 2시간씩 대중 교통으로 출퇴근하지 않아도 되었기 때문이다. 그렇게 한동안은 먹고 자며 아무 생각도 없이 하루하루 시간을 보냈다. 그러나 그것도 하루 이틀이지, 아무리 좋은 것도 계속하게 되면 싫증이 나고 재미도 없는 법이다. 그 당시에 남편은 직장에 다니고 있던 때라, 남편이 출근하고 나면 퇴근해서 집에 들어올 때까지 나만의 시간이었다.

나는 많은 시간을 이런저런 생각을 하며 보내고 있었다. 그때 내 머릿속에는 주식, 부동산, 재테크, 경매, 유튜브, 글쓰기 등

여러 가지 관심사들로 가득 차 있었다. 유튜브를 통해 이러한 분야들에 대한 정보를 들으며 시간을 보내고 있었다. 그러나 그것도 당시의 이야기일 뿐이었고, 내 나이에 새로운 것을 배우는 것에 대한 두려움이 컸다. 또한 자신감이 부족해서 안 된다는 생각만 하며 핑계를 대기 바빴다. 어떤 일을 시작하려고 할 때마다 나는 왜 항상 나이가 발목을 잡고 있다고 생각하는지 모르겠다. 왜 이런 생각을 젊었을 때는 하지 못했는지 아쉬워하면서 시도하지 못하고 있었다. 생각해보니 지금, 이 순간이 나에게 가장 젊은 나이가 아닌가?

물론 보험회사를 그만둔 이후에도 젊었을 때보다 경제적으로 더 나은 상황에 있는 것은 아니었다. 그러나 머릿속에 많은 관심사가 있었지만, 실패에 대한 두려움 때문에 쉽게 도전할 생각을 하지 못했다. 그러나 글 쓰는 일은 다른 것들과 달리, 자본이 크게 들어가는 것이 아니었다. 꾸준한 연습을 통해 계속 도전해간다면, 하다가 그만둔다 해도 잃을 것이 거의 없다는 생각이 들었다.

'그래, 한번 도전해보자!'

일단 시작만 하면 반은 이룬 것이 아닌가? 물론 그렇다고 해서 전문적으로 글쓰기를 배우러 다니지는 않았다. 그저 집에서 자유롭게 내 생각을 정리하고 조금씩 써보는 게 전부였다. 유튜브를 보며 작가들의 글쓰기 강의도 들어보고 글쓰기 관련 책을 사서 그대로 따라 해보는 것이 전부였다. 그러나 혼자 하는 것이다 보니 내가 과연 잘하고 있는 것인지 걱정이 되었다.

처음엔 날마다 글을 쓸 수 있을 줄 알았다. 그런데 집에 있으면서 특별한 이벤트도 없이 날마다 글을 쓰려고 하니 적절한 소재가 떠오르지 않았다. 회사를 그만두면 여한 없이 글을 쓸 수 있을 것으로 생각했다. 회사에 다닐 때는 시간이 부족해서 글을 쓸 여유가 없었지만, 막상 직장을 그만두고 집에 있어도 글을 못쓰는 것은 마찬가지였다. 시간은 많아졌지만, 나는 여전히 어떤 소재로 글을 써야 할지 막막했기 때문이다. 이처럼 우연히 시작한 글쓰기는 평범한 일상에서 시작했기 때문에 소재를 찾는 데어려움이 있었다. 물론 글을 쓰기로 마음먹었으니, 시간이 걸리더라도 끈기 있게 써 내려가기로 했다. 그러나 아무리 써도 빨리 늘지 않는 글을 보는 것이 너무 답답했다.

'아! 인풋(독서)이 안 되니 아웃풋(글쓰기)도 안 되나 보다.'
그래서 나는 바로 도서관에 가서 회원 등록을 하고 책을 빌려다 보기 시작했다. 그러면서 우리나라 도서관이 얼마나 잘되어 있는지를 처음으로 알게 되었다. 도서관은 시설이 잘 갖춰져 있을 뿐만 아니라, 내가 원하는 책이 도서관에 없으면, '희망도서 신청'이라는 것을 통해 신청할 수 있다는 것도 알게 되었다. 나는 도서관에서 몇 권씩 책을 빌려와 집에서 열심히 읽었다. 그러나 아무리 책을 열심히 읽어도 돌아서기만 하면, 읽은 내용이 전혀 기억에 남지 않아 답답하게 느껴졌다. 나는 또 다른 고민에 직면하게 되었다.

그래서 그 후부터는 책을 읽은 뒤, 책에서 중요하다고 생각되는 부분들을 워드로 작성해서 저장하기 시작했다. 이렇게 하면 나중에라도 책의 내용을 쉽게 확인할 수 있었기 때문이다. 그 뒤부터는 읽었던 책의 내용이 궁금할 때마다 저장된 파일로 들어가서 쉽게 내용을 확인할 수 있었다. 처음엔 집에서 책을 읽어도 집중이 잘되어, 매주 두 권 정도는 쉽게 읽을 수 있었다. 그러나 시간이 지나면서 자꾸 다른 일을 먼저 하게 되었고, 점차 책을 읽는 시간이 줄어들게 되었다. 그러던 어느 날, 무더운 여름 날씨였지만, 도서관에 책을 빌리러 간 적이 있었다. 그날따라 사람들이 많이 앉아 있는 모습을 보고 나는 궁금해서 사람들을 유심히 쳐다보았다. 그들은 책을 대여해서 집으로 가져가는 대신 도서관의 시원한 에어컨 바람 속에서 상쾌함을 느끼며 읽고 있었다.

'나는 왜 그런 생각을 하지 못했을까?'

그 후로는 책을 대여해서 집으로 가지고 오는 대신, 도서관에서 마음에 드는 자리에 앉아 읽게 되었다. 이러한 방법도 나쁘지 않다는 것을 알게 되었다. 이처럼 새로운 일을 시작하게 되면, 시행착오가 생기는 법이다. 나의 글쓰기는 이렇게 계속 변화하며, 발전해가고 있었다. 이를 통해 더 집중력도 생기고, 더 많은 책을 읽을 수 있었다. 그렇게 하다 보니 집안일을 하면서도 책을 읽어야겠다는 강박감도 사라지고, 훨씬 더 많은 시간을 효율적으로 보낼 수 있게 되었다. 그렇게 책과 함께 시간을 보내다가 우연히 유튜브를 통해서 MKYU(MK & You University) 대학의 '디지털튜터'라는 자격증에 대해 알게 되었다. 온라인으로 수업을 듣기 때문에 그리 시간을 많이 뺏기지 않을 것 같았다. 앞으로 3년 후에 떠오르는 직업이라고 했다. 그 말대로 3년 후에 현실이 되면 좋겠지만, 그렇게 되지 않는다고 해도 앞으로의 온라인 세상에서 글을 쓰기 위해서는 그 자격증이 필수일 것 같았다. 시간이 있을 때 공부를 해놓는 게 좋을 것 같아 바로 등록했다.

그러나 생각보다 쉽지 않았다. 곧바로 공부를 시작했지만, 온라인으로 수업을 듣다 보니 수업을 이해하는 데도 한계가 있었다. 궁금증이 있어도 바로 옆에서 알려주는 사람이 없어 더욱 어렵게 느껴졌다. 그래도 하는 데까지는 해보기로 마음먹었다. 나는 새로운 자격증 공부를 위해 도서관에 가는 일을 줄여나갔다.

자격증 시험 날짜도 정해졌으니, 시험 준비에만 전념해야 했기 때문이다. 글쓰기를 하던 중 자격증 공부로 인해 우선순위는 바뀌었지만, 어쩔 수 없었다. 덕분에 디지털튜터 2급 자격증을 취득했다.

디지털튜터 공부를 열심히 할 즈음 'MKYU'의 멘토를 통해 새벽 기상, 14일의 기적, 감사 일기를 쓰는 공간이 있다는 것을 알게 되었다. 가상의 공간에서 다른 학우들이 실천하는 모습을 보니 전혀 다른 세상을 보는 기분이었다. 그리고 나도 그중 한 사람이 되어보기로 결심하고, 새벽에 일어나 새벽 기상을 하며 동기부여를 받았다. 온라인 독서 모임에 대해서 알게 되었고, 바로 그 모임에 참여해 독서에 대한 나름의 노력을 하기 시작했다. 그런 사람들의 모습을 보는 것만으로도 자극이 되었고, 이를 통해 독서에 대한 새로운 도전을 시작할 수 있었다.

그 모임에서는 한 달에 두 권씩 ZOOM으로 독서 토론을 하고 있었고, 나는 자연스럽게 책을 가까이할 수 있었다. 그러자 자격증을 공부하기 위해 뜸해졌던 책과의 거리도 다시 회복될 수 있었다. 나중에 시간이 맞지 않아 중간에 포기하긴 했지만, 그런 경험만으로도 독서에 대한 긍정적인 에너지를 불어넣어 주기에 충분한 시간이었다. 어쩌면 그런 독서 모임도 글쓰기를 하려는 나에게 따라온 자연스러운 선물이 아니었을까?

시간이 지나면서 글 쓰는 실력도 나아졌고, 나만의 스타일과 나만의 색깔을 가질 수 있게 되었다. 동기를 떠나서 무언가를 시작한다는 것은 이처럼 중요한 일이다. 하지만 글쓰기를 하기 위해 독서를 시작했던 나는 독서에 더 큰 비중을 두고 있다는 것을 깨닫게 되었다. 글쓰기를 하면서 독서에 대한 필요성을 느끼게 되었고, 그러다 보니 글쓰기보다 독서에 더 많은 시간을 할애하게 되었다. 이 두 가지를 병행해나가기가 참 어려웠다.

이처럼 혼자서 글쓰기를 시작하려는 사람들은 내가 경험한 것과 같은 시행착오를 많이 경험하게 될지도 모른다. 글쓰기가 늘지 않아 책을 읽게 되었고, 그 과정에서 처음에는 빌려온 책을 집에서만 읽었다. 그 후 나중에는 다른 사람들처럼 도서관에서 읽게 되었다. 방법을 찾다 보니 이러한 경험을 토대로 나에게 맞는 방법으로 발전시켜나갔다. 내가 이런 방법으로 글쓰기를 했다고 해서 그 방법이 모든 사람에게 100% 다 맞는 방법은 아닐 것이다. 글을 쓰고 싶은 마음이 좀 더 편리한 방법을 찾게 했고, 그 과정을 통해 완벽한 결과를 만들어내지는 못했지만, 모든 과정이 나에게는 다 소중한 경험이었다. 우연히 시작한 글쓰기가 이처럼 나에게 활력을 불어넣어 줄 거라곤 전혀 예상치 못했다.

나는 은퇴했지만 블로그로 출근한다

거의 매일 전화를 주고받는 친구가 있다. 그 친구는 내가 보험회사를 그만둔 후 집에서 글쓰기에 전념하고 있다는 이야기를 듣고 매우 놀라워했다. 보험회사에 다니며 활동하고 있던 사람이 갑자기 집에서만 글을 쓰고 있는 것이 이해하기 어려웠을 것이다. 그러나 나는 전혀 답답함을 느끼지 않았다. 오히려 집에서 책을 보며 글을 쓰고 있는 것이 너무 마음이 편안했다. 어떻게 영업하며 다녔는지 지금 생각하면 신기할 정도였다.

어느 날, 친구는 어차피 쓰는 글들을 블로그에 올려보라고 제안했다. 그 글들이 모이면 나중에 책으로 출판할 수도 있을 것이라고 말이다. 사실 글을 써서 컴퓨터에 저장해놓는 것과 블로그에 올려놓은 것은 별 차이가 없을 것 같았다. 흥미로운 점은 그 친구조차 한 번도 블로그를 해본 적이 없었고, 나 역시 블로그가 무엇인지도 몰랐다는 것이다. 끼리끼리 만난다더니 둘 다 어쩜 그렇게 똑같은지 지금 생각해도 웃음이 나온다.

마침 내가 자주 들어가서 듣고 있는 MKYU 유튜브에서 블로그 강의에 대한 수강료를 할인해준다는 소식을 듣게 되었다. 모든 조건이 맞아 나는 즉시 결제했다. 보통 새로운 일을 시작할 때는 얼른 시작하지 못하는 편이다. 그런데 해야겠다고 마음을 먹은 순간, 신속하게 진행하고 있는 나의 모습에 나 스스로 적잖이 놀랐다. 나는 이렇게 블로그를 하기로 마음을 먹었고, 그 첫발을 떼게 되었다.

블로그 수업에 대한 첫 번째 강의 내용을 블로그에 올린 것을 보니, 그날부터 배운 게 분명하다. 그러나 첫 번째 강의 외에 보통의 일상 내용을 올린 날짜는 첫 번째 블로그 강의를 올린 후, 이틀이 지난 후였다. 어떤 글을 써야 할지 고민하던 중, 선물로 받은 김 선물 세트에서 김 한 통을 꺼내 식사하게 되었다. 그때 김이 들어 있던 비닐봉지와 플라스틱 용기를 쓰레기통에 버리면서 문득 떠오르는 생각이 있었다.

'이렇게 버려지는 쓰레기가 전국적으로 따지면 엄청나지 않을까?'

아무도 알려주지도 않았는데 먹고 남은 용기를 찍어서 올릴 생각을 했다는 것이 나 스스로도 대견했다. 블로그 수업을 듣고는 있었지만, 그 부분에 대해서는 아직 배우지 않았기 때문이다. 또한 블로그 이웃이 없었으니 내가 쓴 글이 올라갔다 해도 읽어주는 사람도 없었다. 그러나 지금도 가끔 방문해서 내가 올린 글을 볼 때마다 흐뭇하다. 그렇다. 무엇이든 시작은 다 초라한 것이다.

처음에는 단순히 글을 저장하기 위해 PC에 저장하는 대신 블로그에 저장하려는 생각으로 시작한 것이었다. 그러나 블로그 수업에서는 수업이 끝날 때마다 과제를 수행해야 했다. 과제까지 생각하지 못한 나로서는 과제를 수행해야 한다는 사실만으로도 엄청난 부담이 되었다. 처음부터 나는 큰 결과를 바라고 시작한 게 아니었다. 이제 걸음마를 시작한 내게 그 과제들은 너무나 걱정되었다. 그러나 일단 최선을 다해서 수행해보기로 했다.

두 번째 과제를 수행하기 전에 '이달의 블로그'라는 것에 대해서 알게 되었다. 네이버에서 추천하는 카테고리별 블로그를 보며, 왜 그들이 이달의 블로그가 되었는지 직접 확인해보는 것이다. 그러나 블로그 초보자로서 아무리 둘러보아도 왜 그 블로그가 이달의 블로그에 뽑혔는지 알 수 없었다. 그래서 몇 개의 블로그만 방문해보고 그중에 선택해서 이웃 신청을 했다. 참 어려운 일이었다. 시간이 흐르면서 블로그를 보는 시선이 달라질 거라는 생각으로 스스로를 위로했다. 블로그의 주제를 선택하는 것도 어려웠다. 그래서 그냥 '일상·생각'이라는 주제로 정했다. 주제는 나중에 변경해도 될 것 같았다.

세 번째 과제에서 나는 나의 블로그 이름을 정했다. 다른 것은 몰라도 블로그 이름은 정해야 한다는 생각이 들었기 때문이었다. 또한 나의 블로그 이름이 세상에 하나밖에 없는 이름이어야 한다는 말에 공감하고 직접 찾아보려고 노력했다. 나의 이미지와 너무 다르거나 내가 다루는 콘텐츠가 포함되어야 하기 때문이다. 무엇보다도 나의 이름을 브랜딩해야 한다고 생각하니 블로그 이름을 정하는 게 참 어려웠다. 그러나 나는 결국 찾아냈다. 그것이 지금 내가 사용하고 있는 블로그 이름인 '세상과 소통하는 여자'다.

종종 내 이름과 똑같은 블로그가 있는지 별명과 아이디를 검색해보면 똑같은 것이 없다는 것을 확인할 수 있다. 그만큼 많이 고민했다. 블로그 수업을 들으면서 강사가 이 부분을 강조했기 때문에 나도 같은 생각을 하게 되었다. 내가 퍼스널 브랜딩을 할 마음이 없었다면 블로그 이름을 중요하게 생각하지 않았을지도 모른다. 퍼스널 브랜딩이란 나만의 개성과 매력, 재능을 브랜드화해서 나의 가치를 높이는 행위를 말한다. 나도 나의 블로그를 통해 퍼스널 브랜딩을 하고 싶었다.

과제를 수행하기 위해 처음으로 이웃 신청한 블로그 이웃들과는 아쉽게도 현재 거의 소통하지 않고 있다. 나는 그때부터 지금까지 블로그에 계속 글을 올리고 있었다. 그래서 다른 블로거들도 그렇게 행동할 것이라 생각했다. 그러나 블로그 이웃들도 각자의 사정으로 인해 일시적으로 쉬는 경우도 있었고, 아예 그만두는 경우도 있었다. 인생을 살다 보면 여러 가지 예기치 않는 일이 생기는 것처럼 블로그를 하는 사람들에게도 예상치 못한 일들이 발생할 수 있기 때문이다. 내가 지금까지 블로그를 계속할 수 있는 것은 내가 잘해서가 아니라, 특별한 어려움이 없었기 때문이다.

블로그로 출근하면서 블로그의 매력을 알게 되었다. 얼굴도 모르는 이웃들이 내가 올린 글을 읽고 진심으로 응원하고 공감해주는 것이었다. 나는 그 모습이 너무 신기했다. 직접 만나서 이야기하는 것처럼 너무 친근감 있게 대해주는 분도 있었다. 블로그 강의를 들으며 시작하시는 분은 그리 많지 않았다. 대부분은 편안한 마음으로 블로그를 운영하는 분들이었다. 이웃분 중에 한 분은 내가 블로그를 시작한 지 얼마 안 된 것을 알고 많이 알려주려고 했다. 나의 블로그의 주제와 맞는 이웃을 찾아서 이웃 추가를 하라는 조언을 해주었다. 정말 고마운 분이다.

또한 댓글을 달아준 이웃에게 답글을 작성할 때, 엉뚱한 곳에 답글을 작성한 적이 있었다. 그것을 알려준 이웃 덕분에 정확한 위치에 답글을 작성할 수 있게 되었다. 블로그 강의에서도 알려주지 않은 소중한 경험들이었다. 나는 매일 글을 올리고 있다. 시간이 흐르면서 얼굴도 모르는 블로그 주인장이 찾아와서 이웃 신청하는 경우도 있었다. 처음에는 잘 몰라서 신청하는 대로 받아들이고 수락했다. 이제는 신중하게 판단하고 수락 여부를 결정하는 편이다. 글을 쓰기 위해 블로그에 나의 글을 올리는 것은 어렵지 않은 일이었다. 시작이 어렵지, 한번 시작하면 끝을 보아야겠다는 일념이 지금까지 블로그에 글을 써오게 된 원동력이 되었다.

블로그에 출근하는 일은 너무 행복한 일이다. 보험회사에 다닐 때는 출근하는 데 2시간, 퇴근하는 데 2시간이나 소요되었다. 그러나 블로그는 침실에서 일어나 나의 컴퓨터가 있는 방으로 이동하면 된다. 시간도 소요되지 않고 컴퓨터를 켜고 로그인만 하면 된다. 전기세는 들 수 있겠지만, 차비는 들지 않는다. 또한 점심시간에 식사비용을 걱정할 필요도 없다. 내가 원하는 때 마음껏 먹으면 되고, 무엇을 먹을지 고민할 필요도 없다. 물론 그렇게 하려면 하루 날 잡아 반찬을 만들어놓는 수고는 해야 한다. 또한 보험계약을 하라고 재촉하는 지점장도 없다. 매일 출근해서 글만 올리면 되는 것이다. 요즘은 광고 수익도 조금씩 생기고 있다. 아직 월급이라고 할 정도는 아니지만. 수고에 대한 커피값이라고 여기는 중이다.

또한 블로그는 출퇴근이 자유롭다. 내가 원하는 시간에 출근하고 퇴근할 수 있기 때문이다. 하지만 나는 나의 블로그 이웃들이 궁금하기에 날마다 출퇴근하고 있다. 이웃들이 작성해놓은 글들이 궁금하기 때문에, 나는 오늘도 블로그로 출근한다. 일반적인 회사에서는 인간관계 때문에 힘들어하는 사람도 많다. 하지만 블로그에서는 인간관계를 걱정할 필요도 없다. 마음에 들지 않는 이웃은 차단하면 그만이기 때문이다.

나는 그렇게 블로그로 출근하면서 글쓰기를 해오고 있다. 그리 잘 쓰는 글도 아니고, 그렇다고 이웃이 몇천 명씩 되는 것도 아니지만, 이렇게 출근하는 게 습관화되었다. 그러나 찐이웃('찐 이웃'이란 자주 나의 글을 읽어주고, 격려해주는 이웃을 말한다) 중에서 글을 읽어주고 격려해주던 분들이 어느 날부터 안 보이게 되는 경우도 있었다. 그러한 경우, 처음엔 너무나 마음이 아프기도 했다. 하지만 그 모든 것이 살아가는 과정이라고 생각하기로 했다. 아직 올라오지 않는 글을 보며, 마음속으로 그들을 응원하고 있다. 그러는 사이 나는 또 다른 이웃들을 만나 새로운 세상을 만들어가고 있다.

글쓰기로 나에게 말을 걸다

나는 처음 보험영업을 시작할 때 전화하는 게 너무 두려웠다. 아는 사람에게 전화하는 일은 자연스러웠지만, 모르는 사람에게 전화하는 일은 너무 긴장되어 식은땀이 날 정도였다. 때로는 고객이 전화를 받지 않으면 좋겠다는 마음마저 들었다. 고객이 전화를 받지 않을 경우, 나는 전화했는데 고객이 전화를 받지 않았다고 생각하며 스스로를 합리화시켰다. 소개받고 만나러 가는 일도 전화하는 것처럼 어려웠다. 물론 소개를 받았기 때문에 전화하는 일은 어려운 일이 아니었다.

그러나 고객과 만난 다음부터 대화를 시작하는 일이 문제였다. 그 고객이 어색하지 않도록 분위기를 잘 만들어야 했기 때문이다. 상대방도 나와 같은 마음일 수 있기 때문에, 고객도 처음 만나는 사람과 있는 것을 어색해할 수도 있다. 결국, 편안한 분위기로 만들어가야 할 책임이 나한테 있는 것이다. 그래서 보험 영업을 할 때는 '아이스 브레이킹'을 먼저 하라고 한다. '아이스 브레이킹'이란 '얼음을 깬다'라는 뜻으로, 처음 보는 사람과 편안하게 대화할 수 있는 분위기를 만들어나가는 것을 말한다. 분위기를 적절하게 조절하지 않으면 대화를 원활하게 이어갈 수 없기 때문이다.

이처럼 처음 만나는 고객과의 대화에서 어떻게 이어나갈지 막막함을 느낄 때가 있을 것이다. 그럴 때 한두 마디의 대화로 소통을 이끌어가려고 노력하게 된다. 무슨 말을 하느냐에 따라 분위기가 달라지기 때문이다. 글쓰기도 마찬가지인 것 같다. 글을 쓰려고 할 때도 어떤 글이든 한 줄이라도 써보는 게 중요하다. 한 줄이라도 써 내려갈 수 있다면, 그다음부터는 용기가 생기기 때문이다. 용기를 내기까지가 어려운 법이다. 나도 글을 쓰는 게 늘 재미있기만 한 것은 아니었다. 때로는 피곤하고 귀찮다는 생각이 들었던 날도 있었다.

'피곤한데 오늘은 쓰지 말까?'라고 생각하며, 딱 한 줄만 쓴 다음에 자려고 한 적도 있었다.

'그래. 딱 한 줄만 쓰자'라고 다짐한 뒤, 한 줄을 쓰고 나니 신기하게도 계속해서 글이 써지는 것이 아닌가.

'아니, 지금 내가 쓰고 있는 게 맞아?'

이처럼 한 줄을 쓰면서 두 줄, 그리고 그 이상을 쓰게 하는 마법과 같은 경험을 하게 된다. 나는 특별한 사람이 아니다. 글을 아주 잘 쓰는 사람도 아니다. 이런 내가 그렇게 하고 있다면 당신도 가능하지 않을까? 계속 글을 쓰며 나아가고 있는 나를 바라보면 이런 마음이 든다. 마치 어린 아이가 밥 한 숟가락만 받아먹어도 뿌듯해하는 엄마의 심정처럼. 그러니 걱정할 필요가 없다. 실수해도 괜찮다. 내가 하고 싶은 말을 하는데, 누가 막겠는가? 의지만 있으면 되는 것이다. 그러니 두려워하지 말자. 한 줄, 한 줄 써 내려가다 보면 자연스러운 글을 쓰게 되는 것이다. 만약 잘못 썼다는 생각이 들면 몇 번이고 고치면 된다. 말은 한 번 뱉으면 만회하기 어렵지만, 글쓰기는 얼마든지 수정할 수 있다.

사람들은 서로 만나면 자기 이야기만 하려는 경향이 있다. 모임에서도 자기 말만 하려는 사람을 많이 보곤 한다. 다른 사람의 이야기에는 관심이 없고, 오직 자기 이야기만 중요한 것 같다.

이런 사람들은 글도 그렇게 잘 쓰는지 궁금해진다. 그러나 글을 쓰는 공간에서 글쓰기를 할 때는 내가 주인공이다. 내가 하고 싶은 말을 마음껏 할 수 있어 얼마나 다행인지 모른다. 내가 글을 쓰려는 것을 막을 사람이 없다. 처음엔 두려웠던 글들도 쓰면 쓸수록 자꾸 다른 이야기를 하고 싶어진다. 마치 처음에는 어색했던 사람들과의 관계가 서서히 가까워지면서 더 많은 대화를 나누고 싶어 하는 것과 같다. 글 쓰는 일도 마찬가지일 것이다. 글을 쓰는 일도 점점 진지해지면서 더 많은 표현을 하려고 하는 자신을 발견하게 된다. 의지만 있으면 가능하다. 그 안에서 진정 행복해하는 나 자신을 발견하게 될 것이다. 사실 처음부터 글을 잘 쓰는 사람은 많지 않을 것이다. 처음에는 습관을 들이는 것조차 어렵게 느껴질 수 있다. 그러므로 일단 습관부터 만들어나가는 것이 중요하다.

사실 글쓰기를 하면서 처음에는 나를 드러내고 싶지 않았다. 창피했기 때문이다. 나의 삶이 보잘것없는 인생이고 내놓을 만한 게 없다고 생각하니, 내가 스스로 문을 꼭꼭 걸어 잠그고 있었다. 이러한 마음으로 글쓰기를 하니 더욱 힘들었다. 솔직하게 쓰지 않으려고 하니, 이 부분도 빼야 했고 저 부분도 빼야 했다. 지금 생각하면 참 어이가 없다. 전체를 솔직하게 써야 편안하게 이어지는데, 어느 한 부분을 빼면 뭔가 어울리지 않았기 때문이다. 블로그에서도 많은 공감을 받는 블로거들을 보면 대부분 솔직하고 진솔하게 이야기하는 사람들이다. 물론 블로그에 자신의 이름이 나와 있지 않기 때문에 얼마든지 솔직할 수 있다. 그래서 가정사를 솔직하게 드러내는 블로그 이웃들을 보면 나도 놀랄 때가 많다.

'어떻게 저렇게까지 이야기하지!'

확실히 그런 글들이 많은 사람의 공감을 불러일으키는 것은 사실이다. 나 역시 그런 글에 댓글을 작성하게 된다. 그것도 장문으로 댓글을 작성하고 있는 나 자신을 발견하게 된다. 자신의 부족한 점들, 자신의 아픔을 솔직하게 쓴 글들이 왠지 모르게 읽고 싶어지는 이유는 바로 그것 때문일 것이다. 그렇다. 글은 솔직하게 써야 한다. 더하지도 않고 덜하지도 않도록 그렇게 말이다. 어쩌면 다른 사람의 솔직하게 쓴 글을 통해 내가 위로받기 때문일지도 모른다. 글을 쓰면서 다른 사람의 생각을 걱정할 필요도 없다. 이미 지나간 일이므로, 뭐라고 할 사람도 없다. 사람들은 의외로 다른 사람들에게 관심이 없다. 게다가 나와 관련이 없는 사람이 자신의 과거를 드러낸다 해도 크게 신경 쓰지 않는다. 그때뿐이다. 그냥 읽고 지나간다. 누군가의 아픈 과거사일 뿐이라고 생각할 것이다.

이번에 책을 쓰면서 나의 과거 모습들이 다 드러나는 것은 불편한 경험이었다. 하지만 그렇지 않으면 글의 흐름이 이어지지 않았기 때문에 어쩔 수 없었다. 나의 부족한 점들, 실패한 부분들을 솔직하게 드러내면, 누군가는 공감할 수 있을 것이라는 생각이 들었다.

그러나 가끔은 내가 드러내고 싶지 않은 감정들을 글쓰기로 표현하고 싶을 때가 있다. 한번은 남편과 작은 말다툼을 한 적이 있었다. 누가 잘못했는지를 따지는 것만으로는 화가 수그러들지 않고, 오히려 싸움을 부추기는 것 같아서 혼자 방으로 들어와 글을 쓰기 시작했다. 처음엔 너무 억울해서 남편을 원망하는 마음을 글로 적어 내려갔다. 마치 친구에게 이야기하듯이 차분히 쓰기 시작했다. 속이 상하니 오죽 할 말이 많았겠는가? 그렇게 글을 써 내려감으로써, 시간이 지날수록 어느 순간 마음이 후련해지는 것을 느낄 수 있었다. 와! 이런 것을 카타르시스라고 말해야 하나? 마음이 정화되는 느낌이었다. 이처럼 화가 나거나 사람들에게 속상한 일이 있을 때도 글쓰기는 위로가 된다. 후회되는 일이 있을 때도 이 방법은 효과적이었다. 시기하고 질투심이 일어날 때도 마찬가지로 이 방법을 사용한다.

내 마음 안에 숨어 있는, 시기하고 질투하는 감정을 글을 씀으로써 반성하게 된다. 때로는 그 감정을 어디에도 이야기할 수 없을 때, 나는 조용히 나의 감정을 글로 표현하게 된다. 분명 글을 쓰기 시작하기 전에는 폭발할 것만 같았던 내 감정이 놀랍게도 언제 그랬냐는 듯, 가라앉아 있는 것을 발견할 수 있었다. 글은 아무도 모르는 나만의 공간에서 쓰는 것이기에 더욱 자유롭게 감정을 표출할 수 있었다. 마치 비밀의 방에서 혼자 있는 것처럼, 나는 그 공간 안에서 혼자만의 시간을 즐겼는지도 모른다. 그 시간은 결국 나를 돌아보는 시간이었다. 처음에는 남편을 원망하며 글을 써 내려갔다면, 시간이 지나면서 내가 잘못한 게 없는지 다시 한번 돌아보게 되었다. 이런 것을 보면 약이 따로 없다는 생각이 든다. 그래서 남편에게 화가 날 때는 담담한 마음으로 글쓰기를 하며 마음을 진정시키곤 한다. 그러나 이러한 글쓰기도 감정이 폭발했을 때, 바로 실행하지 않으면, 당시의 감정을 표현할 수 없게 된다. 시간이 지나면 화가 사라지는 것처럼, 그 순간의 감정들도 사라지기 때문이다.

이처럼 진정한 글쓰기는 솔직해질 때 더욱 빛을 발한다. 글을 쓰고 싶은데 글쓰기가 안 된다면 자신의 감정이 어찌할 수 없다는 생각이 들 때 해보기를 추천한다. 나의 마음이 계속해서 말하고 싶어질 때, 바로 그때가 당신이 글쓰기를 통해 효과를 볼 수 있을 때다. 나의 글쓰기는 처음엔 분위기를 파악하기 위해 조심스럽게 다가갔다. 그리고 그 후부터는 진실하게 다가가려고 노력했고, 그 결과 자연스럽게 나 자신을 표현하게 되었다. 나는 이러한 모습을 통해서 글쓰기의 재미를 느끼게 되었다. 그리고 지금도 계속해서 글쓰기를 배워나가고 있다. 글쓰기를 하면서 나는 너무나도 행복해졌다. 나는 오늘도 행복한 삶을 살기 위해 글쓰기로 나에게 말을 걸고 있다.

행복한 오늘을 만들고 싶은 그대에게

　두 아들이 결혼할 때 신혼여행 잘 다녀오라고 하면서 용돈과 함께 편지를 넣어주었다. 작은아들은 코로나가 가장 심한 2021년 7월에 결혼식을 했다. 그러나 결혼식 8일 남겨놓은 시점에 거리두기 단계를 4단계로 격상한다는 발표가 나오게 되었다. 그래서 양가 친족 49명만 모신 상태에서 결혼식을 치르는 최악의 사태가 벌어졌다. 결혼식을 하기 며칠 전부터 코로나 확진자 수가 늘고 있었고, 지인들도 전화로 걱정을 해주었다. 마음이 불안했었는데 결국 우려했던 일들이 벌어진 것이다.

　그동안 결혼식을 준비해왔고, 이제 한 주만 더 있으면 결혼식을 치를 것으로 생각하고 있던 우리에게 날벼락도 그런 날벼락은 없었다. 신랑, 신부라면 아름답게 꾸며진 결혼식장에서 많은 하객의 축복을 받으며 결혼식을 하고 싶었을 것이다. 그래서 거리두기 단계를 4단계로 격상한다는 발표가 작은아들과 며느리에게 얼마나 속상한 일이었을지 너무나 잘 알고 있다. 하지만 그럼에도 세상에서 가장 행복한 결혼식이 되었으면 하는 바람으로 편지를 썼다. 누구보다도 축복받아야 하는 결혼식에서까지 여러 가지 변수를 걱정해야 했기에 더 그런 마음이 들었다. 평생에 한 번인 결혼식이 아닌가? 그렇게 코로나 시대의 결혼식은 우리 모두를 마음 아프게 했다.

다음 해인 2022년에는 큰아들이 결혼식을 했다. 코로나 시기에 자녀들을 다 결혼시키는 집도 흔치 않았으리라. 다행히 작은아들 때보다는 많이 완화되긴 했지만, 여전히 하객들은 마스크를 쓰고 결혼식에 참석해야 했다. 나의 사랑하는 두 아들 내외가 코로나 시대에 결혼했기 때문에 나는 더욱 짠한 마음이 들었다. 그래서 편지로 안타까운 마음을 나누고 싶었다. 그런 상황에서 쓴 편지이기에 더욱더 행복한 결혼생활이 되어주길 바라고 또 바랐다. 이처럼 글쓰기는 편지라는 형식을 빌려서 받는 사람이나 주는 사람이 행복한 마음을 갖게 한다. 나는 우리 큰아들, 작은아들 부부가 늘 이렇게 행복했으면 하는 마음으로 편지를 썼다.

〈작은아들 결혼식 전날, 작은아들 내외에게 쓴 편지〉

사랑하는 우리 아들, 며느리에게.

너희들의 결혼을 진심으로 축하한다.

평생의 단 한 번인 결혼식을 우여곡절 끝에 하게 되었구나. 그것도 친족들만 모시고 하는 결혼식을 하게 되어 마음 한편으로는 속상한 마음도 있을 것이다. 그래도 무사히 여기까지 온 것만으로도 감사하자. 나는 이 시간 결혼식에 아름다운 모습으로 서 있을 너희들의 모습을 상상만 해도 가슴이 벅차오른단다. 그 누구보다 아름다운 신랑, 신부의 모습일 테니 말이야.

아마도 내일은 너희들의 결혼을 축하하기 위해 가장 좋은 날씨가 준비되어 있을 것이라는 생각이 드는구나. 비록 그 자리에 참석하지 못하더라도, 많은 분이 너희들의 결혼을 축복하고 있음을 기억하거라. 누구보다 서로를 사랑하는 너희들의 결혼식이니 천사도 샘을 내지 않을까 싶다.

다시 한번 두 사람의 결혼을 축하한다. 앞으로 살아가는 너희들의 모든 여정 가운데 하나님이 늘 함께하시길 기도하마.

사랑한다.

〈큰아들 결혼식 전날, 큰아들 내외에게 쓴 편지〉

사랑하는 우리 아들과 며느리에게.

결혼 날짜를 잡아놓은 지 엊그제 같은데, 벌써 내일이 결혼식 날이구나! 요즘은 결혼식 준비를 신랑, 신부들이 한다고 하지만, 모든 것을 다 너희들에게 맡기고 우리만 편한 것 같아 매우 미안하구나. 이미 우리 가족이 되었지만, 정식으로 우리 가족이 되는 며느리에게 결혼을 축하하며, 너희들 앞길에 하나님이 함께하시기를 기도하마.

어제는 비가 너무 많이 내렸지만, 오늘 활짝 갠 날씨를 보니 결혼식 당일은 아주 화창한 날씨일 것 같은 예감이 들었단다. 코로나가 많이 풀려 이제 많은 하객을 모시고, 너희들의 결혼식을 치르게 될 것 같아 더욱 마음이 기쁘단다. 서로의 사랑이 결혼으로 하나를 묶어놓은 것은 구속이 아니라 한 몸처럼 서로를 사랑하라는 뜻이란다. 그러니 지금처럼 서로를 더욱 아껴주고 사랑하며 살았으면 좋겠구나!

결혼을 다시 한번 축하하고 늘 행복하기를 기도하마.

사랑한다!

이처럼 글쓰기는 어떠한 형식에 구애받지 않아도 마음껏 나의 마음을 표현할 수 있는 도구가 된다. 내가 우리 아들과 며느리에게 편지를 쓴 것은 사랑을 표현하고 싶었기 때문이다.

하지만 글쓰기를 하면서 처음 써놓은 글들이 마음에 들지 않는 경우가 참 많았다.

'어휴, 이것도 글이라고 썼나?'

너무 한심해서 전체를 다 삭제하고 싶을 때도 있었다. 그러나 나는 그 글을 소중하게 다루고 있다. 이전에는 볼품이 없는 글들이었지만, 지금은 내 손을 통해 화려하게 변신이 될 거라는 것을 나는 알고 있다. 내가 쓴 글들이 시간이 지나면서 의미 있는 글로 바뀌는 것을 볼 때, 더할 나위 없이 큰 기쁨을 느낀다. 그리고 글을 고치기 위해 힘들었던 순간들도 다 잊는다. 마치 출산 후 산모가 아이를 안고 행복해하는 모습과 같을 것이다. 그것이 바로 글을 쓰는 사람이 느끼는 행복이 아닐까?

나는 2022년부터 블로그를 운영해오고 있다. 처음엔 블로그 이웃이 많지 않았기 때문에 댓글을 쓸 때도 진정성을 담아 댓글을 작성하려고 노력했다. 이웃이 나에게 그런 댓글을 작성했을 때 감동했고, 그런 마음으로 댓글을 작성하려고 했다. 너무 바빠서 형식적으로 쓴 댓글을 보면 기분이 좋지 않았기 때문이다. 바쁠 때는 굳이 댓글을 남기지 않는 게 좋을 것 같다. 길게 쓰더라도 진정성이 느껴지지 않는 글도 있고, 짧게 쓰더라도 진심이 담겨 있는 글도 있다. 그런 것을 보면 꼭 길게 쓰는 것이 좋은 것은 아니라는 생각이 든다. 확실히 글쓰기를 꾸준히 하면 댓글을 작성하는 수준도 높아진다. 가끔 내가 쓴 댓글을 보면 흐뭇한 마음이 들기도 한다.

'이거, 내가 쓴 글 맞아?'

하지만 처음부터 댓글을 잘 작성하지는 못했다. 댓글을 꾸준히 작성하면서, 댓글 수준이 나아지게 되었다. 공감이 가는 글을 보면 그냥 넘어갈 수 없었다. 재미있게 쓴 글을 그냥 지나치는 것은 예의가 아니라는 생각이 들었다. 그래서 꼭 쓰고 넘어가야만 직성이 풀렸다. 어떤 글은 한번 읽기만 해도 내용이 파악되었다. 그럼 나는 너무 신나서 댓글을 한 번에 다 써 내려갔다. 댓글을 쓰는 것이 이렇게 재미있을 줄 몰랐다. 그러나 댓글도 인격이다. 그만큼 예의를 갖추어야 한다. 아무리 나이가 어린 이웃이라도 난 항상 존댓말을 사용한다.

블로그를 하면서 다양한 블로그 이웃들을 많이 만나보았다. 오프라인 세상에서 다양한 사람들을 만나듯, 온라인 세상에서도 다양한 이웃들이 존재하기 마련이다. 내가 먼저 다가가서 소통하면, 머뭇거리고 있던 이웃도 문을 활짝 열고 다가온다. 한번 방문이 어렵지, 한두 번 방문하게 되면 친해지는 이웃이 생겨난다. 그곳에서도 특별한 정이 싹트게 되는 것이다. 매일 방문하다 보면, 방문하지 않는 이웃이 걱정되기도 한다. 좋은 일에는 축하해주고, 격려도 해주고, 어떤 때는 위로도 해주는 이웃들이 생겨난다. 함께 웃고 함께 울기도 한다. 블로그 세상은 정말 재미있다. 서로에게 용기와 희망을 주기 때문이다. 그 속에서 행복이 꿈틀거리고 있다.

2장

글쓰기는 내면에 감춰져 있던 꿈을 찾게 한다

꿈이 구체적이고 시각화된다

글쓰기와 독서는 서로 밀접한 관계를 맺고 있는 것 같다. 직장을 그만두고 집에 있을 때 글쓰기는 나의 유일한 취미였다. 그러나 혼자서 글쓰기를 꾸준히 할 수 없었고, 글을 쓰는 능력도 빨리 향상되지 않았다. 그 원인이 독서에 있다는 것을 깨닫고, 도서관에서 책을 빌려왔다. 그러나 도서관에 가지 못하는 날은 집에 있는 책들을 하나씩 관심 있게 살펴보았다. 2022년 가을에 나는 우연히 책꽂이에 있는 모치즈키 도시타카(望月 俊孝)의 《보물지도》라는 책을 발견했다. 그 책을 언제 누가 샀는지조차 기억이 나지 않았다. 책을 펼쳐보니 여기저기 줄 친 흔적이 있었다. 그런데도 나는 그 책을 읽은 기억이 없다는 사실이 너무 신기했다. 사람의 기억이 이렇게 쓸모없단 말인가.

책도 내가 원하지 않으면 내 앞에 있다가도 나에게서 멀어진다. 그렇게 방치되었던 책이 이번에는 나의 시선을 끌게 된 것이다. 이미 읽었던 책이라도 나의 관심을 끌지 못했다면, 나와는 인연이 없었기 때문이다. 그러므로 사놓은 책을 다시 펼쳐본 것만으로도 대단한 기적이라고 할 수 있다. 그 책에서는 보물 지도의 역할을 이렇게 표현하고 있었다.

"당신의 마음속에 있는 '흐릿한 소망'을 당신 눈앞에 '명확한 이미지'로 나타내는 것입니다."

사실 나는 이런 책보다는 '당신의 흐릿한 소망을 찾아드립니다'라는 책을 더 원하고 있었던 것 같다. 왜냐하면 내 소망이 무엇인지 정확하지 않았기 때문이다.

《보물 지도》에서는 많은 사람이 꿈을 포기하는 열 가지 이유에 대해서 자세히 설명하고 있었다. 그래서 그 문제들을 해결하기 위해 필요한 것이 바로 '보물 지도'라는 것이었다. 다행히 열심히 읽어보는 데까지는 성공했다.

'자 그럼, 이제 한번 실천해볼까?'

그러나 보물 지도를 만들기 위해 해야 할 일이 너무 많았다. 일단 보물 지도를 채워놓을 코르크 보드를 준비해야 했기 때문이었다.

'에이, 귀찮아! 그거 한다고 뭐가 나아지겠어!'

코르크 보드가 없다는 것을 핑계로 나의 꿈을 이루기 위한 보물 지도를 실천하는 일을 미루고 있었다. 아마 나처럼 보물 지도와 관련된 책을 읽는 사람들은 상당히 많았을 것이다. 그러나 읽기만 한다면, 이 책도 나에게 아무런 도움이 되지 못하고, 기억 속으로 사라졌을 것이다.

보물 지도를 만들어서 실천해야 하는 이유는, 꿈을 이미지화해야 하기 때문이다. 보물 지도는 사람들이 너무 바빠, 눈에 보이지 않는 꿈을 시각화함으로써 잊지 않고, 따라 할 수 있게 도와준다. 《보물 지도》를 읽고도 다시 또 일상으로 돌아간 것만 봐도 알 수 있다. 책에는 꿈을 이루는 방법이 적혀 있는데도, 나는 여전히 실행하지도 못하고 읽은 것으로만 만족했다. 그 이유는 어떠한 실행도 하지 않으면서, 모든 것이 너무 번거롭다고 생각했기 때문이다. 사실 책을 다 읽고, 책에 대한 감동이 사라지기 전에 보물 지도를 만들어야 했다. 그러지 않으면, 실천하는 일이 점점 어려워진다. 꿈을 이루기 위한 시각화를 위해, 행동에 옮기는 것이 중요한 것이다. 나도 나의 보물 지도가 궁금하다. 무엇으로 채워지게 될까.

나는 보물 지도를 만드는 꿈을 아예 포기한 것이 아니었다. 나에게 새롭게 보물 지도를 만들 기회가 주어졌다. 사실 남편도 2022년 가을부터 직장을 그만두고 집에 있었다. 남편과 나는 집에 있으며, 자연스럽게 독서를 함께했다. 나는 내가 읽은 《보물 지도》를 남편에게도 보여주었다. 《보물 지도》를 읽은 남편은, 즉시 코르크 보드부터 주문했다. 2023년 1월에 드디어 주문한 코르크 보드가 집에 도착했다. 실물을 보니 그림으로만 보았던 모습보다 훨씬 친근한 느낌이었다. 남편은 이제 코르크 보드에 원하는 꿈을 보물 지도로 완성해보라고 했다. 꿈은 구체적이고, 시각화되어야 한다는 말의 의미를 알 것 같았다. 그런데 나의 귀차니즘(귀찮아하는 버릇)은 어김없이 작용하고 있었다. 일단 무엇을 원하는지 정확히 알아야 그 꿈을 보물 지도에 시각화할 수 있는데, 그 꿈을 모르고 있었다. 코르크 보드를 사기 전까지는 코르크 보드 핑계만 대더니, 막상 코르크 보드가 있어도 나는 여전히 망설였다.

사람은 이렇게 어리석은 존재란 말인가? 서점에 있는 자기계발 서적도 책을 출간한 저자만 다를 뿐 작가들이 말하고자 하는 내용은 비슷비슷하다는 것을 알 수 있었다. 사람들은 자기계발 서적을 읽기 위해 이 책, 저 책을 찾아다니며 읽고 있다. 하지만 실제로 실천하는 단계에 이르면, 머뭇거리는 경우가 많다. 인간은 이렇게 핑계를 대는 어리석은 존재이며, 많은 결점과 약점을 가지고 있음을 다시 한번 깨달았다. 남편이 준비한 코르크 보드는 한 달이 지나도록 나의 꿈이 채워지지 않은 채, 텅 빈 모습으로 공허하게 남겨져 있었다. 그 모습은 나에게 불편한 마음을 갖게 했다.

한 달이 지난 어느 날, 보다 못한 남편은 준비가 다 끝났는데, 왜 보물 지도를 만들지 못하고 있는지 궁금해했다. 더불어 내가 원하는 것을 출력해주겠다고 했다. 이젠 밥까지 떠먹여주려는 것이었다. 나는 나의 꿈이 작가이기 때문에 코르크 보드에 '정예용의 보물 지도'라고 제목을 써 붙였다. 그리고 책에 나와 있는 대로 나의 사진 중에서 가장 행복한 모습으로 찍은 사진을 핸드폰 갤러리에서 찾아 출력했다. 또한 내가 원하는 모습들을 출력해서 보물 지도 여러 곳에 붙여놓았다. 작가로서의 모습을 닮은 이미지 사진도 추가했고, 강연하는 모습도 배치해놓았다. 차에 대한 열망을 표현하기 위해 인터넷에서 찾은 차의 사진을 출력했다. 차주 같은 느낌을 받기 위해 남편에게 찍어달라고 부탁하기도 했다. 그러나 그 사진은 옷차림과 어울리지 않아 보물 지도에서 제외했다. 또한 살고 싶은 집의 모습을 인터넷에서 찾아 출력해서 보물 지도에 배치해놓았다. 살고 싶은 집의 동 호수까지 적어 붙여놓았다.

이렇게 보물 지도는 천신만고 끝에 드디어 제 모습을 갖추어 가게 되었다. 예전에 말로만 듣고, 책에서만 보았던 보물 지도가 이제야 현실로 완성되어가고 있었다. 나의 꿈이 선명해지므로 실천하기도 쉬웠다. 꿈이 생기니 자연스럽게 그 꿈을 구체화하고 시각화하고 싶어졌다. 글쓰기를 통해 새로운 발견을 하게 되었다. 예전과 너무나도 다른 모습이었다. 글쓰기가 사람을 이렇게 변화시킬 줄 누가 알았겠는가. 나는 과거에 글쓰기를 잘하는 사람이 아니었다. 글쓰기를 시작하면서 독서를 하게 되었고, 그 과정에서 《보물 지도》라는 책을 읽게 되었다.

그 책을 따라 하고 싶었지만, 끈기가 부족해서 보물 지도를 만드는 데 오랜 시간이 걸렸다. 하지만 계획하고, 결국 실천하게 되었다. 아마도 이런 보물 지도와 같은 책은 무수히 많을 것이다. 책의 제목과 저자만 다를 것이다. 책을 나의 것으로 받아들일 준비가 되어 있지 않다면, 아무리 좋은 책이라도 한 번 읽고 잊혀지게 되는 것이다. 또한 예전에는 인연이 없었던 책이라 할지라도 생각이 바뀌면, 다시 인연이 될 수도 있다는 것을 알게 되었다. 결국 나는 책에 적혀 있는 대로 보물 지도를 만들었고, 지금 그대로 실천하고 있다. 그러나 보물 지도를 만들어놓은 지금도 날마다 실패하고 있다. 보물 지도가 내 앞에 펼쳐져 있음에도 불구하고, 바쁘다는 핑계로 실천하지 않을 때가 많다. 이는 의욕과 열정의 문제일 수도 있고, 무엇이 절실한지 모르는 것일 수도 있다.

나의 꿈이 무엇인지 몰랐을 때는, 구체적으로 계획을 수립할 수가 없었다. 그러나 그 꿈이 선명해지면서 목표를 설정할 수 있게 되었다. 또한 그것을 이루기 위해 어떠한 노력을 해야 하는지에 대해서도 명확하게 이해할 수 있었다. 이렇게 글쓰기를 함으로써, 나의 꿈은 구체적이고 시각화되었다. 지금 보물 지도에 있는 나의 꿈 하나하나를 바라보며, 기대와 희망으로 가슴이 부풀어 있다. 나는 매일매일 나의 꿈을 이루기 위해 노력할 것이다. 아직은 미완성이지만, 그 완성될 날을 상상하며 계속 도전해나갈 것이다. 나는 나의 꿈이 이루어질 것을 믿는다. 꿈이 이루어지는 그날까지 나의 시각화는 계속될 것이다.

그 꿈을 이루고 싶다는 욕망을 갖게 한다

　영화 〈옥토버 스카이〉는 냉전이 지속된 1957년 탄광 마을 '콜우드'를 배경으로 만들어졌다. 이 영화는 로켓 제작에 꿈을 품은 소년이 자신의 꿈을 실현해가는 내용을 실제 사건을 바탕으로 담은 것이다. 이 소년이 자란 탄광 마을은 남자들이 탄광에서 광부로 일하는 것이 당연시되는 곳이었다. 그러나 우연히 마을 사람들과 함께 소련의 인공위성 '스푸트니크'를 보게 되면서, 그의 꿈은 로켓에 푹 빠지게 된다. 그리고 그 꿈을 자신의 목표로 삼고, 조금씩 앞으로 나아가고 있는 모습을 보여주고 있다. 꿈은 때로는 운명처럼 소리 없이 다가오는 것일지도 모른다. 그러나 누구보다도 자신의 꿈을 지지해주길 바랐던 가족들에게서 허황한 꿈이라며 외면받게 된다. 소년의 아버지는 아들인 호머가 자신처럼 광부가 되길 바랐고, 아들의 로켓에 대한 집념은 단순한 호기심에 불과하다고 생각했다. 그러나 호머는 아버지의 반대에도 불구하고, 친구들과 함께 그 꿈을 키워나가게 된다.

"탄광은 아빠 인생이에요. 제 것이 아니에요. 다시는 탄광에 내려가지 않아요. 우주로 가고 싶어요."

나는 이 부분에서 호머 히컴(Homer Hickam)이 정말 멋있어 보였다. 자신의 꿈이 무엇인지 분명히 알고 있었기 때문에, 아버지께 단호히 말할 수 있었다. 하지만 그 꿈을 이루기 위해 필요한 지식은 턱없이 부족했다. 그래서 그 꿈을 이루기 위해 필요한 것들을 사람을 통해 채워나가기 시작한다. 온갖 어려움을 극복하고, 로켓 발사의 꿈을 이룬 호머는 결국 아버지에게 자랑스러운 아들로 인정받게 된다.

주변의 반대에도 불구하고, 무엇이 이토록 소년이 꿈을 열심히 키워나가도록 만들었을까? 나는 영화 속의 장면이지만, 소년이 꿈을 이룬 모습에 내가 마치 꿈을 이룬 것처럼 감격스러웠다. 꿈을 이루어나가는 과정은 어려운 일이다. 도중에 어떤 어려움이 숨어 있을지 알 수 없기 때문이다. 하지만 꿈을 이룬 순간, 그 기쁨은 말로 표현할 수 없을 만큼 위대한 것이다. 이처럼 꿈이 명확하다면, 어떤 어려움이 있더라도 그 꿈을 향해 나아갈 수 있다. 확실하지 않기 때문에 포기하는 것이다. 그래서 대부분의 사람은 부모님이 원하는 대로 진로를 선택하게 된다.

보험회사를 그만두고, 집에 있으면서 꿈을 찾는 일이 과연 잘하는 일인지에 대해 의심이 들었다. 하루 24시간을 세끼 밥만 먹고 적당한 취미활동만 하며 살고 싶지 않았다. 예전 같으면 환갑을 맞이한 노인이 아닌가? 나는 노인이라는 말도, 할머니라는 말도 정말 싫었다. 언제까지나 젊은 마음으로 살고 싶었다. 앞으로 100세 시대라고 하지 않았는가? 100세 시대를 살아가려면 단순히 밥만 먹고 지내는 것으로는, 인생이 너무 길다는 생각이 들었다. 그래서 나는 내 꿈을 찾기 위해 노력하고 있었다.

나는 보험회사에서 17년 동안 근무하면서 어느 순간부터 내가 보험영업을 하는 것이 내 진로와 맞지 않는다는 생각을 자주 했다. 하지만 용기가 부족해서 바로 그만두지는 못했다. 또한 최선을 다해보지도 않고 그만두는 것은 불명예스러운 일이라고 생각했다. 최선을 다하지도 않고 그만두면 나중에 후회할 것이라고 생각했다. 어쩌면 맞지도 않은 일을 억지로 해나갔는지도 모르겠다. 그러나 결국에는 최선을 다하지도 못한 채 코로나를 핑계로 도망치듯 그만두게 되었다. 그렇다면 왜 그리 오래 다녔는지 후회도 된다. 그러나 그만두기 전, 오랜만에 영업을 잘할 기회가 찾아왔다. 그때 이런 생각을 했다.

'영업일이 절반이 지났고 할 수 있는 날이 10일밖에 남지 않았다. 이렇게 열심히 영업한 적이 있었을까? 젖 먹던 힘을 다해 더 열심히 해야겠다는 생각이 들었다. 이번 달은 정말로 사람들을 많이 만나려고 애를 썼던 것 같다. 참 바쁘게 다녔다. 작은 계약이라도 해보려고 발버둥을 쳤다. 인천까지 가서 커피값만 날렸지만, 그래도 후회하지 않는다. 그 전에는 왜 이렇게 적극적으로 영업할 생각을 못 했을까? 업적도 이미 목표의 절반을 달성했다. 너무 행복하다. 머릿속은 온통 계약에 관한 생각뿐이다. 이 순간, 나는 남은 기간 누구에게 계약할지 계약 대상자를 적어보고 있다. 물론 내가 계약 대상자를 아무리 열심히 적는다고 해도 이달 안에 다 만날 수 없을지도 모른다. 또는 만나더라도 계약이 성사되지 않는다면, 아무 의미가 없을 것이다. 그러나 계약할 대상자가 있어야 계획도 세우는 것이다. 과연 내가 잘 해낼 수 있을까? 7월과 8월 두 달을 연이어 환산 100을 하면, 노트북과 제주도 여행 항공권을 확보할 수 있다. 그러므로 이전 달에 100을 달성했기 때문에, 이번 달도 꼭 해야만 하는 것이다. 간절히 원하면 이룰 수 있다고 하지 않았던가? 나도 성공의 주인공이 되고 싶다. 나는 지금까지 가보지 않은 길을 가려고 한다. 고지가 저기 있는데 여기서 물러설 수는 없는 것이다.'

이처럼 꿈이란 어느 정도 가능성이 보일 때, 더 열심히 하고 싶은 열정이 생기기도 한다. 보험회사에서는 매달 1일이 되면 영업 실적이 다시 제로가 된다. 그래서 지난달에 아무리 영업을 잘했어도 다시 처음부터 시작해야 한다. 지난달에 많이 했으니 이번 달에 조금만 해도 된다면 얼마나 좋을까? 흥미로운 점은 영업이 잘되는 달일수록, 더욱더 열심히 하고 싶은 욕구가 생긴다는 것이다. 조금만 더 노력하면 이룰 수 있을 것 같은 생각에 더욱 열정이 생기는 것 같다. 그런데 문제는 영업이 잘되지 않는 달이다. 그런 달은 아예 포기를 하는 경향이 있다. 마지막 남은 하루까지 최선을 다하는 사람들도 있지만, 나는 그렇지 못하다. 근성이 없어서 그런지 그럴 만한 끈기가 없다. 아예 의욕을 상실해서 포기하게 된다.

글쓰기는 나이와 상관없이 아니, 나이를 먹을수록 평생을 할 수 있는 일이다. 나이를 먹으면 힘든 노동을 하기 어려워지기 때문에 오히려 맞는 선택일지도 모른다. 게다가 글쓰기는 계속해서 해나갈수록 글쓰기 실력도 더 좋아지는 것 같다. 어제 쓴 글과 오늘 쓴 글을 비교해보면 더 나아졌음을 느낄 수 있다. 처음 블로그를 시작했을 때, 나에게 이웃 신청을 한 분들의 블로그를 살펴보았다. 어떤 내용을 다루시는 분인지 궁금했기 때문이다. 대부분은 시작한 지 얼마 안 된 분들이었지만, 가끔은 많은 이웃을 가지고 계신 분도 계셨다. 이런 분들은 블로그를 오랫동안 운영하고 계신 분들이었다. 그동안 발행해놓은 글들도 상당히 많은 양이었다.

'와! 이분들은 언제부터 시작했기에 이렇게 많은 것일까?'

나는 부러움을 느끼면서 동시에 언제쯤 이렇게 많은 글을 올릴 수 있을지가 걱정이 되었다. 그러나 시작해보니 1개도 없던 나의 블로그에 이미 510개의 글이 올라와 있는 것을 발견했다. 이렇게 많은 글이 모이기까지 1년이 넘는 세월이 흘렀다.

나의 블로그는 조금씩 커갔다. 큰 욕심 없이 공개된 공간에서 쓴 결과였다. 오래된 블로거들과 비교해보았자 소용이 없을 것 같아서 그냥 나만의 길을 걷기로 결심했다. 큰 욕심도 없었다. 지금은 밥을 먹지 않아도 배가 부를 정도로 만족스럽다.

앞으로도 나는 계속해서 글을 쓰게 될 것이고, 그로 인해 블로그에 있는 나의 글들도 계속 쌓이게 될 것이다. 그러면서 내가 부러워했던 사람들처럼 나도 많은 양의 글을 쓸 수 있을 것이라는 희망을 품게 되었다. 작은 가능성이 보이니, 이제는 더 큰 도전을 하고 싶은 욕심이 생겼다. 마치 100만 원을 모으면 1,000만 원을 모으고 싶고, 1,000만 원을 모으면 1억 원을 모으고 싶은 마음과 같다. 어떤 일이든 일단 시작해야만 더 큰 꿈을 이루고 싶은 욕망이 생기는 것 같다. 물론 도중에 멈출 수도 있다. 하지만 멈추지 않으면 앞으로 나아갈 수 있게 되는 것이다. 그러고 보면 작은 습관도 꾸준히 하는 것이 매우 중요하다. 그래야 그것이 작은 씨앗이 되어 큰 열매를 맺고 싶은 욕망을 갖게 된다. 글을 쓰기 시작하면서 자꾸 새로운 도전을 하고 싶어졌다. 그런 나의 모습이 아직은 낯설기만 하다. 시작하기 어려워만 했던 내가 아닌가? 젊은 시절에는 어떤 도전이든 두려운 마음이 나를 더 많이 지배했고, 그래서 피하려고만 했다. 지금도 도전에 대한 두려운 마음은 여전히 있다. 그러나 이제부터는 도전하는 삶을 살고 싶다.

글을 쓰는 사람이라면 누구나 작가가 되길 희망할 것이다. 이 책을 보는 독자들이라면, 이미 작가가 된 나를 보게 된 것이다. 작가가 되고 싶은 이유는, 작가가 되어야만 나만의 목소리를 낼 수 있고, 소비자에서 생산자로서의 삶을 살아갈 수 있기 때문이다. 지금까지 나는 항상 소비자의 삶을 살아왔다. 이제부터는 작가로서 생산자의 삶을 살아가려고 한다. 그래서 할 수 있으면 유튜브에도 도전해보려고 한다. 하루에도 많은 사람이 새로이 유튜브를 개설하는 것 같다. 하지만 중간에 포기하는 사람도 많은 것 같다. 포기하지만 않는다면 언젠가는 나의 영상을 좋아하는 사람들이 모여들게 될 것이다. 나의 도전이 어디까지일지 나도 기대된다.

'도전은 항상 아름다운 것이다.'

잃어버린 나를 다시 찾게 한다

보험회사에 다니는 동안, 어느새 나는 내가 하는 일에 점점 회의를 느끼기 시작했다. 열심히 다니고 있었지만, 성과가 늘 제자리걸음이었기 때문이다. '이 일이 정말 나에게 맞는 일일까?' 과거의 나는 아버지에 의해 교대를 지원했고, 그 후 전산과에 진학하게 되었다. 하지만 이 모든 것이 나의 의지대로 이루어진 것이 아니었다. 시간을 거슬러 올라갈 수만 있다면, 나는 다시 그 시절로 돌아가고 싶다. 그리고 나의 진로에 대해 더 깊이 고민할 것이다. 하지만 나의 진로를 아버지에 의해 선택했다고 해도 그것은 핑계에 지나지 않는다. 나의 의지가 더 간절했다면, 나 자신을 벌써 찾을 수 있었을 것이다. 그만큼 간절히 원하지 않았기 때문이다. 날마다 그러한 고민을 하면서 하루하루를 보내는 것도 너무나 지치고 힘든 일이었다. 그 일이 나에게 맞지 않는 일이라면, 나는 얼른 그만두었어야 했다. 하고 싶지 않은 일을 계속하는 것처럼 불행한 일이 또 있을까?

큰아들은 어릴 때 게임을 좋아했다. 하도 게임을 좋아하다 보니 PC방을 가서 살다시피 했다. 게임을 좋지 않게 여긴 나로서는 도저히 이해가 되지 않았다. 초등학교 5학년 때의 일이다. 큰아들은 운동하다가 팔이 부러져서 깁스를 하고 있었다. 그런데 어느 날, 큰아들이 도시락을 집에 두고 간 것을 알고 시아버님이 도시락을 가지고 학교에 가셨다. 그런데 학교에서는 큰아들이 오지 않았다고 했다. 시아버님을 통해 아들이 학교에 오지 않았다는 이야기를 듣고 큰아들이 갈 만한 곳을 찾아다녔다. 그리고 작은아들에게도 물어보았다. "혹시 형이 어디에 갔는지 아니?" 작은아들은 형이 아마도 PC방에 있을 거라고 말해주었다. '설마!' 하고 생각하면서 나는 아들이 알려준 PC방으로 가보았다. 역시 작은아들 말대로 큰아들은 버젓이 게임을 하고 있었다. 그 것도 오른쪽 팔은 깁스를 한 상태에서 왼쪽 팔로 마우스를 움직여가며 게임에 푹 빠져 있었다.

나는 나 몰래 PC방을 가서 게임을 하는 아들을 본 순간 화가 머리끝까지 치밀어 올랐다. 아무리 게임이 재미있어도 그렇지 어떻게 저렇게까지 할 수 있는지 이해가 되지 않았다. 큰아들은 엄마가 올 줄은 전혀 생각도 하지 못한 것 같았다. 왼쪽 팔로 마우스를 움직여가며 매우 재미있어 하는 표정이었다. 그러다가 내 얼굴을 보자 깜짝 놀랐다. 나는 PC방에 있는 큰아들을 잡아 끌고 집으로 데리고 왔다. 그리고 창문을 열고 같이 떨어져 죽자고 했다. 보다 못한 남편도 "이 녀석, 팔을 한번 분질러야겠구면. 그래야 PC방을 안 가지" 하며 같이 속상해했던 기억이 난다. 이처럼 하고 싶은 게 있으면 아무리 팔을 다쳐도 자신이 흥미로워하는 일에 몰두하게 되는 것이다. 얼마나 재미있으면 그렇게 했을까?

그때 알았어야 했다. 큰아들이 좋아하는 분야로 나아갈 수 있도록 해야 한다는 것을…. 지금 생각하니 절대 자녀들이 하기 싫어하는 일을 하라고 강요하면 안 된다는 생각이 들었다. 내가 원하는 일을 자녀가 하도록 강요해서는 안 되는 것이다. 자녀의 인생이다. 그렇게 하면 결국 인생을 낭비하게 되는 결과를 가져오게 한다. 일이 즐거우면 아무리 오래 해도 피곤하지 않다. 하물며 온종일 하기 싫은 일을 하며 지낸다는 것은 너무나 서글픈 일이다.

나의 과거의 모습은 아무런 희망도 없었고 불행하다는 생각만 하기에 바빴다. 퇴근하고 집에 와도 쉬는 게 아니었다. 집에 와서 해야 할 집안일도 만만치 않게 많았지만, 내 머릿속은 온통 계약에 대한 걱정뿐이었다. '이번 주는 어디 가서 유(有)실적을 할까?' 또한 주 마감, 월 마감 등등 꼬리에 꼬리를 물고 나를 잠시도 일에서 자유롭게 놓아주지 않았다. 집에 와서도 잠자기 전까지는 누구에게 계약해야 할지 늘 고민해야만 했다. 그런 일상의 피곤함이 더욱 그러한 생각을 하도록 만들었다.

이런 나의 모습을 지켜보는 남편도 얼마나 피곤했을까? 남자들처럼 직장에서의 일을 집에 와서 말을 안 하는 것도 아니고, 미주알고주알 다 말했다. 그래서 코로나로 자가격리를 하고 있을 때, 남편이 제일 먼저 보험회사를 그만두라고 했는지도 모른다. 아내의 힘든 모습을 편안히 지켜볼 남편이 누가 있겠는가? 그래서 코로나 전에도 그만두라는 말을 수십 번도 더 했던 것 같다. 그런데도 나는 '조금만 더, 조금만 더' 하며 남편의 말을 귀담아듣지 않았다. 그래서 남편은 정(鄭) 씨 고집은 알아주어야 한다고까지 했다. 그런 내가 코로나로 인해 다니던 보험회사를 그만둔 것은 정말 잘한 일이다. 코로나가 나를 살려준 것인지도 모른다. 어쩜 코로나가 아니면, 나는 지금도 계속 계약에 시달리며 보험회사에 다니고 있었을 것이다.

지금 내 모습을 보면 너무 우습기까지 하다. 하루 몇 시간씩 엉덩이를 붙이고 앉아서 글을 쓰고 있기 때문이다. 그런데도 하나도 피곤하다거나 힘들다고 생각하지 않고 있다. 참 희한한 일이다. 가끔 허리가 아프면 잠깐 서 있거나 스트레칭을 하곤 한다. 그러다가 다시 앉아서 키보드를 두드리며 글을 쓰고 있다. '언제부터 작가였다고!' 그런 사람이 어떻게 모르는 사람을 만나서 보험상품을 권유하러 다녔을까? 그것도 웬만한 보험설계사들은 다 꺼리는 '상가 개척'까지 하며 다녔다. 더욱 웃긴 것은 본인도 쑥스러우면서 전혀 쑥스러워하지 않은 척 태연하게 다녔다는 것이다. 마치 연기를 하듯이.

"안녕하세요? ○○생명 정예용입니다."

그렇게 해야 영업을 잘하는 사람처럼 보일 것으로 생각했었나 보다. 물론 해야 할 일이었기에 힘들어도 했을 것이다. 그런 나에게 지금 생각하니 너무 미안하다. 그것도 너무 오랜 기간 나를 그렇게 혹사시켰다. 이젠 더 이상 하지 말아야 한다.

보험상품은 보이지 않는 무형의 상품이기 때문에 설명하고 가입시키려면 나에 대한 신뢰가 없이는 어려운 일이다. 그나마 내 얼굴이 거짓말하는 사람처럼 보이지는 않았기 때문에 고객들이 보험에 가입했다는 생각이 든다. 지금 보험 일을 그만두었지만, 나는 고객 한 사람, 한 사람에게 최선을 다했었다. 그래서 그 일을 그만둔 지금까지도 그것만큼은 잘한 일이라고 생각한다. 고객들에게 상품설명을 할 때, 시간이 없어서 아직 설명을 못 한 게 있으면 그렇게 마음이 불편할 수가 없었다. 한정된 시간에 상품설명서에 있는 내용을 다 설명하려면 무언가 한 가지 꼭 빠뜨렸다.

'어떡하지! 이 말을 빠뜨렸네!'

중요하지 않은 거면 상관없겠지만 중요한 내용이었기 때문이다. 일부러 설명하지 않은 것이 아닌데도, 마치 죄지은 사람처럼 온종일 불안하고 불편했다. 다음 날 가서 다시 한번 설명하고 나서야 할 일을 다 했다는 생각이 들었다. 그 결과, 계약이 체결되지 않았어도 마음이 그렇게 편할 수가 없었다. 성격은 어쩔 수 없다. 내 성격을 어찌하겠는가?

젊지 않은 나이에 시작하는 것이라 지금 내가 새로이 가려고 하는 이 길은 험난한 길일지도 모른다. 그리고 왜 굳이 그 길을 가려고 하는지 의아하게 생각하는 사람도 있을 것이다. 꿈을 향해 달려가는 데는 나이는 상관없다. 아니 나이를 먹어도 하고 싶은 일이라면 망설이지 말아야 한다. 그냥 그 자체로도 설레기 때문이다. 싫어하는 일이라면 시작조차 하지도 않고 설렘을 느끼지도 않았을 것이다. 빨리 갈 수 있다면 좋겠지만 천천히라도 갈 수만 있다면, 나는 이 길을 갈 것이다. 이제 나는 나에게 솔직해지고 싶다. 솔직한 모습으로 나 자신을 대하는 것이 나에게 행복을 가져다주기 때문이다. 솔직한 모습은 누구보다 내가 더 잘 안다. 그러니 나에게는 더욱 솔직해져야 한다. 글쓰기를 하게 되니, 시간이 가면 갈수록 잘했다고 생각한다. 수십 번 인고의 노력을 통해 글이 다듬어지는 과정이라는 것을 알고 있다. 나는 이미 이 길에 들어선 것이다. 지금 당장 수입을 가져다주지는 못하지만, 남은 인생이라도 하고 싶은 일을 해야 하지 않겠는가?

글쓰기는 나에게 살아 있다는 희망을 품게 해준다. 또한 생동감이 넘치고, 열정 있는 하루를 보내게 해준다. 꿈은 어린 학생들에게만 필요한 게 아니다. 나이가 노년이라도 꿈을 향해 나아가면 더욱 기분이 좋아진다. 젊은 나이만큼 열정이야 부족하겠지만 적어도 하고 싶은 일을 하므로 후회는 없으리라. 이렇게 나는 나를 조금씩 되찾아가고 있다. 어찌 보면 나를 찾아가는 과정은 힘든 고난의 길이다. 그리고 아직 끝나지 않았다. 그러나 그 과정을 통해서 내가 어떤 때에 행복해하는지 알게 되었다. 그리고 나도 할 수 있다는 강한 자신감이 생겼다. 내 안에 이런 열정이 있었던가? 나도 놀라웠다. 그전에는 전혀 몰랐기 때문이다. 이러한 경험을 하고 있다는 것만으로도 자랑스럽다. 따라서 마음 편히 이 길을 갈 것이다. 나를 찾아가고 있다는 것 자체만으로도 너무 행복한 일인 것이다. 나는 글쓰기로 무엇을 얻을 수 있을까? 무엇을 원하고 있는가? 나는 앞으로도 글쓰기를 통해 잃어버린 나를 계속 찾게 될 것이다.

어떤 결정을 내리기 위해서는 때로는 과감할 필요가 있다. 선택하기 전에는 당연히 두려운 마음도 있을 것이다. 운동화 한 켤레를 사는 것도 색깔과 크기 등을 고려해야 하는데, 하물며 인생의 진로를 선택하는 일이 어디 쉬운 일인가? 그 정도로 어려운 일이다. 그러나 나는 그것으로 인해 한 발 내디딜 수 있었고, 용기를 갖고 도전할 수 있게 되었다. 지금이라도 나를 찾았으니 얼마나 다행인가? 나는 포기하지 않을 것이다. 앞으로도 꾸준히 이 길을 가게 될 것이다. 그동안 시간을 낭비한 것만으로도 충분하다. 나는 더 이상 하고 싶지 않은 일은 하지 않고 살게 된 것이다. 나이가 많아서 늙은 것이 아니라 열정이 없어서 늙은 것이다.

'열정은 나이를 춤추게 한다.'

지금 나는 행복을 끌어당기고 있다

　작은아들이 결혼 전에 출장을 갔다가 스카프를 사다 준 적이
있었다. 남편이 여러 번을 사다 주었음에도, 유독 아들이 사다
준 스카프에 더 정이 가는 이유는 무엇일까? 남편이 이 글을 본
다면, 서운해할 수도 있을 것이다. 하지만 늘 어리게만 여겼었던
아들이, 어느새 어른이 되어 엄마를 생각하고 사 온 것이라 더
마음이 가는 것이다. 바쁜 출장 가운데서도 엄마를 생각하고 골
라 왔다는 게 얼마나 대견하고 기특했는지 모른다. 사 오고 나서
얼마 안 되었을 때 스카프를 한 모습을 아들에게 찍어서 보내주
었었다.

　"아들, 고마워! 너무 가볍고 색상도 예쁜 것 같아!"

나는 자식에게라도 선물을 받으면 바로 인증사진을 보낸다. 아들한테 바로 답장이 왔다.

"엄마! 어딜 가든 엄마 사 드리고 싶은 것만 생각이 나요!"

메시지를 보고 얼마나 대견스러웠는지 모른다. 언제 이렇게 커서, 엄마에게 감동을 주는 아들로 성장했을까? 고맙다는 말을 들은 아들도 엄마가 좋아하는 모습에 너무 기뻐하는 것 같았다. 나는 그 모습을 보니 메시지를 보내길 잘했다는 생각이 들었다. 자식에게도 고마운 일이 있으면 이렇게 표현해야 한다. 그래야 더욱 행복한 마음을 갖게 된다. 행복은 멀리 있는 것이 아니다. 어쩌면 우리 옆에서 우리가 알아주기를 기다리고 있는 게 아닐까?

블로그에서 글쓰기 100일 챌린지를 한 적이 있었다. 날마다 글을 쓰지 않던 사람이 글을 써야 하니 글의 소재가 절실히 필요했다. 어느 날은 30분만 앉아 있어도 글감이 떠올랐다. 그러나 아무리 오래 앉아 있어도 글감이 전혀 떠오르지 않는 날도 있었다. 늦은 시간까지 글감이 떠오르지 않을 때는 머리에서 쥐가 나기도 했다. 운 좋게 글감이 빨리 정해진 날조차 글 한복판에서 헤매고 있는 나를 발견할 수 있었다. 그 순간 글쓰기도 내 마음에 들 때까지 끝없이 고쳐야 하는 작업이라는 것을 깨달을 수 있었다. 때로는 지치기도 하고 때로는 힘든 작업이다. 적어도 나에게만큼은 그런 것 같다. 그런데도 나는 이 힘든 일을 반복적으로 하며 때로는 즐기기까지 한다. 마치 운동을 열심히 한 뒤의 상쾌한 느낌이라고 할까? 그것이 바로 내가 글을 쓰는 이유이고, 늦은 나이에도 글쓰기를 해야만 하는 이유다. 글을 쓰는 것을 좋아하기 때문에 그 정도는 감수할 생각이다.

챌린지를 하는 100일이 참 길게만 느껴졌고, 빨리 가길 바랐다. 그러나 챌린지를 하면서, 나의 글쓰기는 날마다 해야 하는 일로 자리를 잡아갔다. 그 후에는 간혹 안 쓰고 넘어간 날도 있었지만, 대부분은 글을 써서 올렸기 때문이다. 지금은 챌린지를 하고 있지 않지만, 그때의 경험이 나에게 글쓰기에 대한 긍정적인 마음을 가져다주었다. 또한 글 쓰는 사람이 느낄 수 있는 행복을 알게 해주었다. 아직은 부족하지만 내가 키보드를 칠 수 있을 정도로 건강할 때까지는 이 행복을 누리며 살고 싶다.

남편이 2022년에 직장을 그만두기 전의 일이다. 출근한 지 얼마 안 되었는데 전화가 왔다.

"어디 돈 좀 많이 주는 직장 없을까?"

나는 순간적으로 위기를 느꼈다. '남편이 요즘 많이 힘든가 보구나.' 그러나 그만두면 당장 생계가 걱정이니 그만두라고 할 수가 없었다. 남편은 직장에서 아무리 힘든 일이 있어도 웬만해선 나에게 이야기하지 않는 사람이다.

'드디어 올 것이 왔구나!'

그런 남편에게 내가 할 수 있는 말이라곤 지금 가지고 있는 돈을 다 주겠다고 한 게 전부였다. 남편은 나의 대답에 같이 웃어주었다.

"가지고 있는 돈이 얼마나 된다고!"

남편은 웃으면서 말을 했지만 얼마나 답답했으면 그렇게 이야기했을지 안쓰럽기까지 했다. 나는 보험회사에 다니며 뭐 했는지 모르겠다. 남들은 큰 계약도 빵빵 터트리는데 조그마한 계약만 하며, 17년을 지내왔으니 말이다. 다른 사람들은 맞벌이하면 남편에게 도움이 되어주는데, 나는 아무런 도움도 되어주지 못했다는 생각에 더욱 속이 상했다. 남편과의 전화를 끊고 한동안 마음이 심란해서 아무것도 할 수 없었다. 내가 그만두라고 하지 않아도 경제적으로 사는 데 문제만 없다면, 남편도 얼마든지 직장을 그만두었을 것이다.

나는 추운 겨울에도, 해가 뜨기 전에 출근하려고, 직장을 향하는 남편의 뒷모습이 너무 안타까웠다. 남편은 한 번도 아니고, 두 번이나 암 진단을 받았던 사람이다. 그런 사람이 새벽에 출근해서 저녁에 들어오는 모습을 보는 것만으로도 너무나 마음이 아팠다. 암은 완치가 되었다 해도 무리하지 말아야 한다. 그래서 남편의 그 한마디가 더욱 가슴을 후벼파놓았는지도 모른다. 더 빨리 시작했어야 했다. 이젠 더 이상 미룰 수 없다. 부의 추월차선으로 가는 방법을 찾아야 한다.

결국, 2022년 9월부터 남편은 직장을 그만두었다. 우리가 종일 집에 있다 보니, 친구들과 지인들은 우리가 뭐 하는지 궁금해한다. 사실 결혼하고 남편과 의견이 엇갈리는 경우가 참 많았다. 그리고 내가 먼저 직장을 그만두고, 독서를 하면서 남편에게도 이런저런 책을 소개해준 적이 많았다. 그런데 직장에서 퇴근해서 집에 오면 너무 피곤하다 보니 남편에게는 내 말이 하나도 와닿지 않았을 것이다. 이해한다. 나도 직장에 다닐 때는 그랬으니까.

직장에서 집으로 돌아오면 저녁 준비하고 밀린 집안일을 하면, 독서를 하는 것은 사치로 생각되었기 때문이다. 독서는 시간상으로 여유가 있는 사람이나 하는 것으로 생각했다. 나는 직장을 그만두고, 글쓰기와 독서를 병행했었다. 마찬가지로 남편도 직장을 그만두고 그동안 하지 못했던 일을 하기 시작했다. 둘다 집에 있으면서도 하루가 너무 짧다고 생각했다. 남편은 남편대로, 나는 나대로 글도 써야 하고, 독서도 해야 했기 때문이다. 하지만 그런 생활이 너무 행복하다. 둘 다 집에 있으면서 아무것도 안 하고 TV만 멍하니 보고 있다면, 정말 불행한 인생이었을 것이다. TV는 식사할 때만 잠깐 본다. 그 이후에는 남편은 남편 방에서, 나는 내 방에서 독서를 하며 보낸다.

그런데 생각해보니 이 모습은 내가 원하는 이상적인 부부의 모습이기도 했다. 2022년, 모 잡지사에 보냈던 글의 제목인 '나의 꿈꾸는 모습'이기도 하다. 우리가 사용하는 언어뿐만 아니라 글도 쓰면 이루어진다는 말이 맞는 것 같다. 그렇게 같이 시간을 보내면서 남편은 책을 엄청나게 주문했다. 봐야 할 책이 너무 많다는 것이다. 나도 책을 출간하기 위해 많은 책을 샀는데 갑자기 우리 집에 책이 홍수처럼 쏟아지게 되었다. 평생 보아야 할 책을 다 보고 있는 것 같다. 그런데도 기분이 좋다. 책을 읽어서 손해 볼 일은 없을 테니까.

남편은 책을 보면서 사업구상 아이템이 자꾸 떠오른다고 한다. 똑같이 책을 보는데, 나에게는 아직 그런 아이템이 없다. '보물 지도'를 만들라고 코르크 보드도 사다 준 사람이 남편이 아닌가? 어찌 보면, 남편이 나보다 먼저 직장을 그만두었어야 했다. 책을 써보라고 적극적으로 추천한 사람도 남편이었다. 행동 면에서는 남편이 훨씬 빠른 것 같다. 지금이 아니면, 그 기회마저 놓친다고 독려해준 사람이다. 책을 써서 베스트셀러 작가가 되면, 다 자기한테 달라고 한다.

우리가 이런 이야기를 나눌 수 있다는 게 얼마나 행복한 일인가? 사실 남편이 직장을 그만둔다고 했을 때, 걱정이 되지 않았다면 거짓말일 것이다. 알아서 하라고 했지만, 알아서 하라는 말처럼 무서운 말이 또 있던가? 남편마저 직장을 그만두고 불안하지 않다면 거짓말일 것이다. 하지만 나도, 남편도 지금이 아니면 기회가 없다고 생각했다. 기회를 잡기 위해 이 정도는 감수해야 한다. 부부가 서로 같은 일을 하며 대화를 나눌 수 있는 것처럼 행복한 일이 또 어디 있을까? 하루 종일 같이 있어서 불편한 점도 있지만, 서로 독서를 하며 자기계발을 하는 부부의 모습도 나쁘지는 않은 것 같다. 또 주일에는 교회에 가서 예배를 드리고, 교회 봉사하며 나름대로 뜻깊은 날들을 보내고 있다.

집에 있다 보니 수입이 없어서 경제적인 문제를 해결하지 못하고 있지만, 우리는 그 어느 때보다 행복한 날들을 보내고 있다. 가끔 아이들도 걱정이 되는지 조심스럽게 물어보곤 한다. 우리가 그렇다고 자식들에게 손을 벌리겠는가? 무엇보다 감사한 것은 그 어느 때보다 남편이 하루하루를 행복해한다는 것이다. 남편은 자기계발 서적만 읽는 게 아니라, 성경도 읽고 목사님 설교도 정리해서 교회 홈페이지에 올리고 있다. 아무나 할 수 있는 일이 아니다. 하지만 아무나 할 수 없는 일을 남편이 하고 있다.

내가 직장을 그만두고, 하루 종일 무료하게 보내지 않은 것처럼, 남편도 나와 같이 생동감 있게 하루하루를 즐겁게 보내고 있다. 내가 걸어간 길을 남편도 같이 걸어가고 있다. 또 그렇게 즐거운 마음으로 하는 모습을 볼 때마다 나도 행복한 마음이 든다. 남자들은 은퇴 후에 등산이나 하고, 가끔 친구들을 만나 식사를 하는 것 외에는 특별히 할 일이 없기 때문에 지루한 하루를 보낸다고 한다. 그런데 아침에 일어나면 성경을 보고, 독서를 하며 하루하루를 의미 있게 보내는 모습을 보니, 같이 힘을 얻게 되는 것이다. 이렇게 활기가 넘치는 모습이 매일매일 지속되길 바란다. 아울러 경제적인 문제도 조속한 시일 내에 곧 해결되리라 믿는다. 지금 나는 이렇게 행복을 끌어당기고 있다.

나의 가능성은 어디까지일까?

몇 년 전 결혼기념일에 남편과 함께 한라산을 등반한 적이 있었다. 모든 일정은 남편이 관리했고, 나는 남편만 믿고 따르기로 했다. 한라산이 1,950m의 높은 산이라는 것과 등반하는 데 4~5시간 정도 걸린다는 것까지도 알고 있었다. 그러나 그 외에는 그 산의 정보에 대해서 잘 알지 못했다. 평상시 산을 자주 가지 않는 사람으로서 이 정도의 산행은 내게 조금 힘든 도전이었다. 그렇게 준비도 안 된 상태에서 우리는 제주도 한라산을 향해서 한 걸음, 한 걸음 앞으로 나아갔다. 시간이 흐르면서 평평한 길은 사라지고, 경사가 급한 힘든 길이 나타나기 시작했다. 우리는 점점 힘에 부치기 시작했고, 체력의 한계를 느꼈다.

남편의 등산화는 효율적인 게 아니었다. 사전에 등산화에 대한 기본 상식을 알았더라면 좀 더 좋은 것으로 바꾸었어야 했다. 등산화는 등산할 때 기본이 되는 장비다. 그래서 그런지 나보다도 더 힘들어했다. 보통의 평범한 산들과 달리 한라산은 돌이 많아서 그 돌들을 밟고 올라가는 게 더욱 어려웠다. 게다가 우리가 간 시기는 11월 말이라 살얼음도 있어서 미끄러지지 않도록 조심해야 했다. 비록 남편이 계획을 세웠지만, 힘들어하는 남편의 모습을 보니 웃음도 나왔고 또 안쓰럽기까지 했다. 자신조차도 이렇게 힘들어할 줄은 전혀 예상하지 못했을 것이다.

힘든 산을 선택했다는 생각에 나에게 미안한 마음과 후회의 낯빛이 선명하게 비쳤다. 그러나 누구를 원망할 수 있으랴. 남편은 등산화를 신었지만, 여러 차례 미끄러져 몇 번이나 넘어졌다. 결국에는 정강이까지 다치는 상황에 이르렀다. 정말 그 상황에서는 그만 올라가야 할지 고민되었다. 하지만 정상을 눈앞에 두고 포기하기가 싫었다. 다음에 또 올 수 있을지 확신을 할 수 없었기 때문이다. 만약 쉽게 오를 수 있는 산이었다면 더욱 포기하기 쉬웠을 것이다. 자꾸 넘어져서 다치는 남편이 걱정되었다. 내 등산화는 큰아들이 생일에 선물해준 것으로, 다행히도 넘어지는 일은 없었다.

혹시 남편이 정상에 도달하지 못하면 나 혼자라도 정상에 도달해야 한다는 생각이 들어 안간힘을 썼다. 남편 또한 여러 차례 쉬면서도 끝까지 포기하지 않았다. 그렇게 정상까지 올라오는 집념을 보여주었다. 우리 부부와 함께 출발한 사람 중에서, 우리가 가장 늦게 정상에 도달했다. 그놈의 등산화가 문제였다. 그러나 우리가 정상에 도달한 것만으로도 나는 대단하다고 생각했다. 산은 높이의 차이는 있지만 아무리 낮은 산이라도 올라가는 순간 걱정이 생길 수밖에 없는 것 같다. 올라가면서도 수시로 포기하고 싶은 마음이 들었다. 우리 인생도 마찬가지다. 정상을 향해 걸어가는 과정은 힘들 수밖에 없다. 그러다 보면 포기하고 싶은 마음도 든다. 그러나 묵묵히 걸어가다 보면, 어느새 정상에 도달하게 된다. '그래, 그 정도는 나도 해낼 수 있어. 조금씩 가다 보면 나의 한계를 뛰어넘게 될 거야.'

나는 나의 가능성이 어디까지일지 궁금해졌다. 그동안 큰 성공을 거둔 적은 없었지만, 그렇다고 해서 앞으로도 성공하지 못할 리 없다. 그동안 성공한 경험이 없었더라도, 언제든지 성공할 수 있는 가능성은 가지고 있다. 내가 책을 쓰기로 결심했을 때, 선뜻 응원해준 사람도 남편이었다. 남편은 나의 책 쓰기를 지지해주면서, 이렇게 말해주었다.

"사실 그동안 당신이 당신을 위해서 해본 게 없었잖아. 그러니 한번 시작해봐."

생각해보니 남편의 말이 맞다는 생각이 들었다. 외식하는 것과 여행하는 것도 나를 위해 온전히 즐긴 적이 없었기 때문이다. 그렇지 않았다면 책 쓰는 일은 생각조차 하지 못했을 것이다.

나는 글쓰기를 하면서 지금까지 내가 살아온 과정들에 대해서 새롭게 알게 되었다. 결국 취업보다는 글쓰기를 통해 내가 원하는 삶을 살기로 결심한 것이다. 그렇게 나는 과거의 나와 이별했다. 이 모든 일은 내면의 소리에 귀를 기울였기 때문이다. 지금 나는 글쓰기를 통해 새로운 기회를 만들어가고 있다. 경제적으로 아직 안정되지 않아 힘들고 어려운 길이기도 하다. 하지만 책을 쓰겠다는 결심으로 한 걸음, 한 걸음 나아가고 있다.

진정한 글쓰기는 솔직해야 한다는 생각이 든다. 또한 그런 글쓰기는 나를 행복한 삶을 살게 하는 원동력이 될 것이다. 블로그 안에서의 글쓰기는 오프라인 세상 못지않게 희망을 주는 공간이기도 하다. 글을 쓰며 독서를 한 결과, 내 꿈이 더 구체적이고 시각화되었다. 꿈이 구체적으로 시각화되니 이루고 싶은 욕망이 생겼다. 책을 씀으로써 작가의 꿈을 이루었다. 더 나아가서 유튜브를 통해 꿈을 잃은 많은 사람들에게 자신의 꿈을 향해 나아갈 수 있도록 도움을 주고 싶다. 이렇게 나는 내 잠재력이 이디까지일지, 얼마만큼 성장하게 될지를 상상하면서 가슴 벅찬 하루를 보내고 있다.

어느 날, 산책 중에 버려져 있는 안마의자를 발견하게 되었다. 몇백만 원을 주고 산 물건도 더 이상 필요하지 않을 때는 과감히 버려지는 법이다. 우리가 사용하는 물건들은 사용 용도가 다한 후에는 가치를 잃어버리기 마련이다. 그러나 사람은 그렇지 않다. 세월이 흐를수록 경험과 노력을 통해 능력이 더욱 향상될 수 있기 때문이다. 능력은 상상을 초월해서 더욱 그 가치를 한층 더 빛나게 해준다. 그리고 자기 능력을 어떻게 키워나가느냐에 따라 능력은 무한한 가능성을 가지게 된다. 그 속에 담겨 있는 원대한 생각과 포부는 돈으로 환산할 수 없는 소중한 것들이다. 사람은 이렇게 위대한 존재다.

KFC(Kentucky Fried Chicken)의 창업자인 커넬 할랜드 샌더스(Colonel Harland Sanders)는 KFC 할아버지로 알려져 있을 정도로 우리에게 친숙한 분이다. 그는 1890년 삼 남매 중 첫째로 태어났지만, 6살에 아버지가 세상을 떠나는 아픔을 겪어야 했다. 어머니가 생계를 책임져야 했기 때문에, 그가 대신 어린 동생들을 돌봐야 하는 상황에 부닥쳤다. 어릴 때부터 동생들에게 요리를 해주느라 고생을 했지만, 그것으로 인해 그는 요리에 대한 눈을 뜨게 되었다.

그러고 보면 불행이라는 것은, 시간이 지난 후 전혀 다른 모습으로 다가오는 것 같다. 그것으로 인해 자기 능력을 개발해낼 수 있는 자산이 되었기 때문이다. 또한 눈으로 보이지 않지만, 꿈을 이루게 하는 원동력이 되는 것이다. 물론 모두가 그런 것은 아니다. 하지만 그가 어려운 상황에 부닥쳤을 때 겪었던 경험은 오히려 사업가로서의 성공을 위한 토대가 된 것이 아니었을까? 그는 농장 일, 철도 직원, 주유소 주인 등등 다양한 직업을 경험하면서 여러 가지 도전을 해야 했고, 그로 인해 어려움을 겪어야 했다. 그렇게 60살이 넘은 나이에 첫 번째 프랜차이즈 식당을 개업했으며, 이것이 KFC의 시작이 되었다고 한다. 늦은 나이에 도전하는 사람들에게 그의 이야기는 많은 귀감이 될 것이다.

100세 시대가 되면서 '인생은 60살'부터라는 말을 종종 듣고 있다. 그 60이라는 나이에 나는 글쓰기에 눈을 떴다. 더 일찍 시작했으면 얼마나 좋았을까? 하지만 그런 생각은 아무런 도움이 되지 못한다. 우리는 항상 늦었다고 생각할 때가 가장 빠른 때라고 말은 하지만, 정작 시도하는 데는 몸을 사리고 두려워하게 된다. 남편은 평상시에 이 KFC의 창업자인 커널 할랜드 샌더스 이야기를 많이 하는 편이다. 나이가 중요한 게 아니라, 도전하고자 하는 열정이 중요하다고 말이다. 열 번, 스무 번 실패했어도 그 후에는 성공할 수 있다는 이 믿음이, 많은 사람을 도전하게 만드는 것이 아닐까?

나의 글쓰기에 대한 도전은 나이를 염두에 두지 않았기 때문에 가능했다. 이미 시작했으니, 앞으로 가기만 하면 된다. 예전에 비해 지금은 성공할 기회의 폭이 더 넓어졌다. 인터넷의 발달은 세상을 계속 변화시키고 있기 때문에, 우리의 미래를 어디까지 가게 할지 아무도 모른다. 내가 열심히 노력한다면, 기회는 무궁무진하며 얼마든지 열려 있기 때문이다. 나는 나의 가능성을 제한하지 않을 생각이다. 나의 인생은 아직 끝나지 않았다. 나는 나의 잠재력을 믿는다. 나의 가능성은 어디까지일까?

드디어 보이기 시작했다. 내가 꿈꾸던 인생이

우리 가족은 두 아들이 결혼하기 전부터 각자 새해 목표를 정해놓고, 이를 달성하는 사람에게 회비 전액을 상금으로 주기로 했다. 이 일은 2020년에 시작되었다. 그때 나의 목표는 책 출간이라고 정했다. 당시 어떤 마음으로 그렇게 목표로 정했는지 잘 모르겠다. 2020년에는 아무도 목표를 달성하지 못해, 회비 전액을 가족통장에 보관해두었다.

두 번째 해인 2021년부터는 작은며느리도 함께 합류했다. 나의 목표는 여전히 책 출간이었다. 2021년은 직장을 그만두고 집에 있는 시기였다. 그때 마침, '50플러스센터'에서 '내 인생의 책 한 권'이라는 주제로 독후감을 모집하고 있었다. 나는 도전해보기로 마음먹고 김미경 작가의 《리부트》라는 책으로 독후감을 써서 제출했다. 하지만 1, 2, 3등에는 들지 못했다. 그런데 '50플러스센터'에서 전화가 왔다. 응모한 독후감 중에서 우수한 사람들의 독후감만 선정해서 책 한 권을 만들었다는 것이다. 그 안에 내가 쓴 독후감도 포함되어 있어서 보내주겠다고 했다. 나는 그 소식에 너무 감격해서 어찌할 바를 몰랐다. 해가 바뀌기 전인 12월 26일쯤에 그 책이 도착한 것 같다. 나는 가족들에게 그것도 책이니 책을 출판한 것으로 인정해달라고 했다. 그렇게 나는 목표를 달성할 수 있었다.

우리 가족은 2022년에도 똑같이 각자의 목표를 달성해나가는 것을 계속 추구해나가기로 했다. 2022년부터는 큰며느리도 함께 합류하게 되었다. 이번에도 나는 목표를 책 출간으로 정했다. 그러나 가족들 모두, 작년처럼 독후감을 엮어서 책으로 내는 것은 인정해줄 수 없다고 했다. 대신 전자책이나 종이책으로 200페이지 이상이어야 한다는 조건을 두었다. 그러나 2022년에는 아무도 목표를 달성하지 못했고, 가족통장에 모인 회비는 계속 쌓이게 되었다. 2023년에 목표를 정할 때, 나는 여전히 책 출간을 목표로 정했다. 4년째 책 출간을 목표라고 하자 남편도, 두 아들 내외도 별로 관심을 두지 않는 듯했다. 나도 가만히 생각해보니, 4년째 책 출간을 목표로 정해놓고 아무것도 하지 않는 나의 모습이 부끄러웠다. '이대로는 안 되겠다.' 아들, 며느리들한 테 당당하고 싶었다. 하다못해 전자책이라도 내야겠다는 마음으로 책을 쓰기로 결심했다. 그 정도로 나는 절박해졌다.

2022년 11월에 우연히 알게 된 《THE 7 SECRETS(더 세븐 시크 릿)》이라는 책을 읽게 되었다. 나는 이 책을 읽으면서 그 안에 빠져들었다. 작가는 이 책에서 '성공해서 책을 쓰려고 하지 말고 책부터 써야 성공한다'라고 말하고 있었다. 나는 이 말에 큰 충격을 받았다. 보통 사람들은 그 반대로 생각하고 있기 때문이다. 나 또한 성공하지 않은 사람으로서, 책을 쓰라는 이야기에 대해 어떻게 이해해야 할지 막막했다. 내 안에 항상 책을 쓰고 싶다는 열망이 있었기 때문에, 그 영상이 나에게까지 전달된 것 같았다. 《THE 7 SECRETS》의 저자인 김태광 대표는 네이버 카페 '한책 협'를 운영하고 있으며, 25년 동안 300여 권의 책을 펴낸 화려한 경력을 자랑하고 있다.

나는 2023년 2월에 '한책협'에서 진행하는 의식특강을 참석했고, 다음 달 3월에 일대일 컨설팅을 통해 5주 차 책 쓰기 과정을 등록했다. 그 후 5주 동안 책 쓰기 과정을 통해 책을 쓰는 기술과 노하우를 배울 수 있었다. 그는 유튜브 영상을 통해 핵심 독서법에 관해 설명했다. 그 영상에서 그는 '사람들이 가난하게 사는 이유 중 하나는 잘못된 독서 습관 때문'이라고 언급했다. 또한 '잘못된 방식으로 책을 읽은 결과'라고 했다. 김태광 대표는 '책은 도서관에서 빌려보는 것이 아니라 사서 보아야 한다'고 했다. 심지어 '책값이 아까워서 책의 처음부터 끝까지 다 읽는 사람은 인생이라는 시간을 낭비하는 것'이라고 말했다. 책 한 권의 가격은 15,000원 정도로 작지만, 그것보다 더 큰 가치를 놓칠 수 있다는 것이다. 도서관에서 책을 빌려 보면서 책값을 아끼고 있는 나로서는, 처음에는 이 말을 받아들이기 어려웠다. 그동안 책을 쓰겠다고 말만 하고 행동을 취하지 않았던 사람이었다. 그런 내가 우연히 접한 유튜브 영상을 통해 갑작스럽게 행동이 빨라지기 시작했다.

'유튜브가 어떻게 내 마음을 이렇게 잘 알고 있는 것일까?'

아무런 행동을 취하지 않았지만 내 마음속에서는 항상 책을 쓰고자 하는 열망이 있었다. 나의 목표를 책을 쓰겠다고 선언한 것뿐이었지만, 상황이 급속도로 진전되어가고 있었다. 만약 내가 책을 쓰기로 선언하지 않았어도 책을 쓸 수 있었을까? 아무리 생각해도 신기할 뿐이다. 책을 쓰기로 마음먹으니 무조건 완성해야겠다는 생각밖에 없었다. 그래서 일단 책 쓰기에 전념하기로 했다. 학창 시절에도 시험 때만 공부했고, 졸릴 때는 불을

켜놓고 잠자기에 바빴다. 그리고 아침이 되면, 밤새도록 잠을 잤던 것을 후회하곤 했다.

그런 내가 이제는 꼭지마다 A4 2장 반을 채우기 위해 전전긍긍하며 책을 쓰고 있다. 갑작스럽게 전율이 느껴졌다. 나의 변화된 모습이 맞는지 다시 한번 확인해보았다. 그래, 작가의 삶이 나에게 맞는 것이다. 진도가 나가지 않을 때, 너무 답답해서 가까운 도서관을 가보았다. 글쓰기가 제대로 되지 않는 답답함이 도서관에 가면 해결될 것이라는 기대 때문이었다. 사람들은 자신이 편한 자리에서 원하는 책을 보고 있었다. 나도 그들처럼 앉아보았다. 그러다 문득 내 책이 얼른 출간되어 도서관의 책꽂이 어딘가에 자리하고 있는 모습을 상상해보았다. 불과 몇 달 전에는 상상하지도 못할 경이로운 일이었다.

과거의 나는 아침 일찍 일어나 출근 준비를 했고, 하기 싫은 영업을 하기 위해 하루하루 힘든 삶을 살아야 했다. 그런데도 내 안에 보이지 않는 꿈이 있었고, 그 꿈이 지금의 나를 만들어주었다. 나는 보험업무 중에도 글과 관련된 공모전에 참가했다. 또한 보험회사 내에서 보험금 지급사례 등 관심 있는 주제가 있으면 참여하려고 노력했다. 그렇게 하다 보니 '50플러스센터'에서 독후감 공모전이 열린다는 것도 알게 되었다. 나는 이때, 글의 장르들이 다양하다는 사실을 알게 되었다. 30자 이내의 짧은 글로 써야 하는 글판도 있었고, 브랜드 이름과 명칭 공모, 슬로건 등 다양한 주제들이 있었다. 나는 주로 독후감이나 에세이와 같은 긴 글들만 접했다. 그런데 장문보다 짧게 축약시키는 글이 어렵다는 것을 알게 되었다. 처음에는 크게 신경 쓰지 않았고, 당시 보험회사에 다니고 있던 시절이어서 별다른 기대를 하지 않았다. 보험회사에서 근무하는 동안에도 이곳저곳에 응모하다 보니, 회사를 그만둔 후에도 나는 계속해서 다양한 곳에 글을 응모해보았다. 원하는 결과물을 얻지는 못했지만, 만약 글쓰기에 관한 관심이 없었다면, 응모 자체를 하지 않았을 것이다.

사실 나는 너무나도 평범한 사람이다. 내가 책을 쓴다는 말을 듣고 표현은 하지 않았지만, 걱정하는 사람도 있었을 것이다. 나 자신도 평범한 사람이 책을 쓴다는 사실을 인정하지 못했다. 나와 같은 생각을 하는 사람이 많을 것이다. 자기 적성이나 꿈에 대해 생각해본 적이 없거나, 부모님의 지시에 따라 직업을 선택한 사람들도 많을 것이다. 또한 자신에게 맞는 일이라고 생각하며 살아왔지만, 시간이 지나면서 맞지 않다고 느끼는 사람도 있을 것이다. 표면상으로 드러나지 않을 뿐, 우리 주변에 무수히 많이 있을 것이다.

그래서 나처럼 용기를 내어 자신에게 맞는 일과 하고 싶은 일을 찾으려는 사람들에게 도움이 되고 싶다. 나는 계속 도전할 것이다. 만일 나이 때문에 포기했다면 책을 쓸 생각조차 하지 못했을 것이다. 자신의 꿈을 찾아 행복한 삶을 살아갈 수 있는 세상이 형성되길 바란다. 나이와 상관없이 도전하는 사람들이 많아질 때 모두가 행복해지지 않을까? 책을 쓰기로 마음먹은 뒤부터는 도서관에서 오는 문자들에 대한 내 생각도 바뀌었다. 나는 곧 독자가 아닌 작가로서 독자들과 만날 수 있는 자리에 서 있을 테니까. 그런 상상만이 아닌 시각화를 하므로, 나도 모르게 기분이 좋아진다.

2020년부터 우리 가족이 새해 목표를 정해놓고, 모두 열심히 노력하는 것은 나의 인생의 전환점이 되었다. 그때부터 나는 책을 쓰기로 결심했기 때문이다. 이 결심을 선언한 이후로 유튜브에서 책 쓰기 관련 영상을 보게 되었다. 또한 그것으로 인해 나에게 책을 쓸 수 있는 연결고리가 되어주었다. 글쓰기를 하면서 블로그를 시작하게 되었다. 블로그를 통해 이웃들과 소통하는 즐거움을 느낄 수 있었을 뿐만 아니라, 책까지 출판하게 되었다.

이제 나는 책 쓰기를 넘어서 내가 필요한 사람들을 도울 수 있는 코칭과 강연을 하려고 한다. 이 나이에 정말 꿈도 못 꿀 일이다. 다른 사람들은 그냥 쉬려고 하는 나이에 이게 웬 말인가? 복이 터져도 엄청나게 터졌다. 내가 하고 싶은 것들을 하는 복. 나는 이를 위해 더욱 건강에도 신경을 쓰고, 글쓰기에도 더욱 열 중하고 있다. 이제 내가 꿈꾸던 인생이 드디어 보이기 시작했다.

평범하지만 평범하지 않은 하루

    나의 하루는 평범하다. 직장을 그만둔 후에는 집에서 지내며 자는 시간도 불규칙해졌다. 그러다 보니 일어나는 시간도 마찬가지였다. 하지만 이제는 규칙적인 시간에 일어나려고 노력하고 있다. 내가 일어나는 시간이 나의 하루가 시작되는 시간이다. 아침에 일어나면 성경을 읽고, 기도한다. 그리고 행복한 하루가 펼쳐지기를 마음속으로 그려본다.

    '오늘도 나에게 주어진 하루를 소중히 여기며 보내야겠다!'

    벽에 붙여놓은 보물 지도를 보며 나의 꿈들을 상상해본다. 얼마나 힘들게 만들어진 '보물 지도'인가? 또한 블로그를 방문해서 이웃들의 댓글에 답글을 남긴다. 필사한 뒤 활동하고 있는 카페를 방문한다. 그리고 독서와 글쓰기를 한다. 이제 이러한 일들은 나의 일상이 되었다. 이런 모습은 내가 원했던 모습이지만, 쉽게 얻어진 것이 아니었기에, 더욱 소중하게 여긴다. 평범해 보이지만, 그 평범함 속에서 나는 오늘을 열심히 특별하고 소중하게 살아가고 있다.

글을 쓰는 일은 단순한 작업이 아니다. 그 안에 내 생각이 담겨 있고 나의 에너지가 스며들어 있기 때문이다. 때로는 나의 글을 볼 때마다 발전 속도가 느리다는 생각에 좌절하기도 한다. 하지만 쉽게 포기하지 않는 모습이 아름답다. 나의 글쓰기는 어쩌면 늘지 않는 것처럼 보인다. 그러나 보이지 않아도 분명히 점진적으로 성장하고 있다. 마치 매일 체중이 변하는 것을 직접 확인할 수 없는 것처럼, 나의 글쓰기 실력도 보이지 않을 뿐이다. 나의 무엇이 이토록 글쓰기를 하게 만드는 것일까? 날마다 글을 수정하고, 고치는 일은 평범해 보일 수 있지만, 사실은 평범하지 않은 일이다. 우리는 코로나 팬데믹을 통해 평범한 일상이 얼마나 소중한지 알게 되었다. 그렇기에 나는 지금 아무 일도 일어나지 않는 일상에 만족한다. 그리고 그 속에서 감사와 기쁨을 찾고 있다. 오늘 나에게 주어진 특별하고 소중한 하루는 다시는 돌아올 수 없는 날들이기 때문이다.

나는 매일 책상 위에서 독서하고 글쓰기를 하지만 그 모든 것은 내가 성장하고 있는 과정이다. 이는 또한 새로운 도전을 준비하고 있다는 증거다. 비록 직장을 다니지 않지만, 나의 하루는 늘 바쁜 일상으로 가득 차 있다. 만약 지금도 직장을 다닌다면 나의 삶은 어떠했을까? 사실 친구나 지인을 만나면 주로 이야기하는 주제들이 비슷하다. 자녀, 남편, 부동산, 아파트 등등 다양한 이야기들이다. 그럴 때 나는 흥미를 느끼지 못해 어느 틈엔가 뒤로 쑥 물러나게 된다. 그래서 혼자 독서하며 책을 읽는 것을 즐기는 것인지도 모른다. 현재의 환경이 그렇게 하도록 만든 것은 아니었을까?

그런 나에게 있어서 하루도 빼놓을 수 없는 일은 친정어머니와 전화 통화를 하는 일이다. 모든 부모가 그러하듯이 전화를 하면 제일 먼저 "밥 먹었니?"라고 물어보신다. 아침이든 점심이든 안 먹었다고 하면, 왜 안 먹었느냐는 물음으로 전화 통화가 시작된다. 어느 날, 어쩌다 보니 어머니와 전화 통화를 못 하게 된 적이 있었다. 다음 날에 전화를 받게 되면 "왜 전화 안 했니?"라는 말씀을 듣게 된다. "바빠서요"라고 하면, 한소리 들어야만 한다. 나는 억울하다. 아들, 며느리, 사위는 어쩌다 전화해도 뭐라고 말씀 안 하시는데, 나에게만큼은 용서가 안 되니 말이다. 아무리 생각해도 이해가 안 된다. 하루 전화를 하지 않은 것이 그리 혼날 일이었을까? 때로 바쁠 때는 잠깐 전화 받고 끊어야지 생각하다가도 결국 통화를 하다 보면 끊을 수 없다. '오늘은 조금만 이야기하고 끊어야지' 생각하다가도 잊어버리고, 어머니와 오랜 시간 동안 통화하게 된다. 어머니와 그렇게 자주 장시간 통화를 하다 보니 누구보다 어머니의 근황을 잘 알 수 있다. 어쩌면 딸과의 통화는 어머니의 유일한 낙인지도 모른다. 하지만 때로는 나에게 번거로운 일상이며, 인내심이 필요하다.

그런 어느 날 어머니가 아프셔서 입원하셨던 적이 있었다. 우리 삼 남매는 걱정이 이만저만이 아니었다. 나중에 알고 보니, 어머니의 병명은 폐렴이었다. 진작 병원에 모시고 가지 못한 것이 너무나도 후회되었다. 그때 우리 삼 남매는 매일 어머니와 통화하며, 빨리 퇴원하셔서 건강해지시기를 기도했다. 그 순간 나는 깨달았다. 어머니가 건강하셔야만 나에게 편히 전화하실 수 있다는 것을. 그리고 내가 귀찮게 여길 만큼 전화를 하실 수 있는 것도 큰 행복이었다는 것을. 어머니께서 돌아가시면, 어느 누가 매일 나의 안부를 궁금해하며, 전화를 해줄까? 그렇게 생각하니, 갑자기 마음이 울컥했다. 나는 오늘도 어머니와 통화하며, 즐거운 하루를 보내고 있다.

어머니 : 밥 먹었니?

나 : 네. 좀 전에 먹었어요. 저녁 드셨어요?

어머니 : 이제 먹어야지. 지금 승일이(나의 큰아들) 다녀갔다.

나 : 지난번에 어머니 모시고 다녀왔는데, 또 왔다 갔어요?

어머니 : 응. 멸치볶음을 가지고 왔어. 그때 내가 잘 먹는 것 같다고 하면서 정연이(나의 큰며느리)가 다시 만들었다는구나.

나 : 정연이가 참 신통하네요. 생각하는 게 저보다 훨씬 기특해요.

어머니 : 그래서 처가 가는 길에 잠깐 들렸단다. 정연이는 몸이 안 좋아서 못 오고, 승일이 혼자 왔다는구나.

어머니 : 덕분에 며칠 잘 먹을 수 있을 것 같아. 요즘 애들 같지 않구나. 음식이 내 입에 딱 맞는 것을 보니 나랑 입맛이 비슷한가 봐.

나 : 어머니, 그 사진 좀 찍어 보내주세요.

어머니 : 알았다.

어머니는 퇴원하시고, 이틀 뒤에 사랑하는 동생분을 멀리 떠나보내야 하는 아픔을 겪으셨다. 몸과 마음이 힘든 상태에서도 큰 외손자가 이사했다는 소식을 들으시고는, 큰 외손자 집들이에 가고 싶어 하셨다. 아직 몸이 제대로 회복되지 않은 어머니는 큰 외손자 며느리가 끓여준 미역국과 멸치볶음으로 맛있게 식사하셨다. 이를 눈여겨본 큰 외손자 며느리는 제 남편을 통해, 멸치볶음을 할머니께 전해드렸다. 그래서 어머니는 큰 외손자 며느리에게 전화해서 멸치볶음을 잘 먹겠다며, 고마움을 전헸다고 한다. 어머니는 멸치볶음뿐만 아니라 큰 외손자 며느리의 사랑에 감동하셨다. 그때 큰 외손자 며느리의 사랑이 담긴 멸치볶음이 어머니의 입맛을 다시 살아나게 해드렸으면 좋겠다는 생각을 해보았다.

나는 가끔 산책하는 것을 좋아한다. 누군가가 함께 있다면 대화를 나누어야 하지만, 혼자 산책할 때는 나만의 새로운 생각들이 떠오르게 된다. 주변 사물을 주목하게 되고, 이전에는 보이지 않던 것들이 내 시선에 들어온다. 그래서 길을 걷다가도 갑자기 떠오르는 생각이 있으면 얼른 메모한다. 어느 장소에 가더라도 마찬가지다. 그곳에서도 생각이 떠오르면 즉시 메모해두곤 한다. 한번은, 조금 멀리까지 걸어가다가 신호등이 바뀌기를 기다렸던 적이 있었다. 그런데 잠깐 한눈을 파는 사이 신호등이 바뀐 것을 알게 되었다.

'아이고! 놓쳐버렸네. 지금 건너면 가다가 빨간불로 바뀌겠지!'

그래서 다음 신호등을 기다리게 되었다. 그때 이런 생각이 떠올랐다.
'인생도 저 신호등처럼 '아차!' 하는 사이에 기회를 놓칠 수도

있겠구나!'

그래서 남편과도 산책하지만, 나 혼자 하는 산책을 더 좋아한다. 한 번은 남편에게 잠깐 산책하고 올 테니 설거지도 해놓고 저녁도 부탁한다고 했다. 물론 반찬은 이미 만들어놓았다. 남편은 같이 가자고 했다. 나는 생각할 게 있어서 혼자 다녀오겠다고 했다. 그리고 저녁 7시까지 들어오겠다는 말을 남기고 산책하러 다녀온 것이다. 집에 돌아오니 남편은 이미 저녁을 차려놓고 기다리고 있었다.

남편과 늘 같이 있다 보니 모든 삶을 다 같이 공유하고 있다. 키보드를 치는 소리가 들리면 남편은 '아! 지금은 글쓰기가 잘되고 있구나!'라고 생각하고 있다. 반대로 키보드 소리가 들리지 않으면 '아! 스마트폰으로 블로그나 카페에 들어가서 댓글을 달고 있구나!'라고 생각한다. 우리의 작업공간은 서로 떨어져 있지만, 문을 열어놓고 작업하고 있다. 그렇기 때문에 무엇을 하는지 서로가 조그마한 소리만으로도 잘 알고 있다. 친정어머니와 전화 통화도, 작가로서의 삶을 사는 것도 나에게는 평범한 일이다. 하지만 다른 사람의 눈에는 평범하지 않은 하루일 것이다. 그렇게 나는 평범하지만, 평범하지 않은 특별한 하루를 살아가며, 나의 소중한 하루하루를 응원하고 있다.

지금은 글쓰기와 친해지는 중

대학교 1학년 때 학보사 문을 두드렸다. 나는 글쓰기보다는 무언가 나를 구출해줄 것이 필요했다. 나의 답답한 마음을 탈출시켜줄 그 무언가가 필요했다. 물론 글쓰기에 대한 흥미가 없었다면, 다른 문을 두드렸을 것이다. 그래도 조금 흥미가 있어서 그 문을 두드린 게 아니었을까? 그러나 그 후 나는 글쓰기와는 전혀 관련이 없는 일을 하며 지내왔다. 그리고 40년이 지난 지금에야 다시 글쓰기와 친해지려 하고 있다. 그리고 보면 글쓰기는 나의 운명인 것 같다. 끊어질 것 같다가도, 다시 이어지는 것을 보면, 나와는 끊을 수 없는 그런 관계인 것이다. 마치 40년 전에 연락이 끊겼다가 다시 만나게 된 친구라고 해야 할까. 40년 만에 만난 친구라면, 서로 다른 삶을 살아왔으니, 어색하기도 하고, 무슨 말을 해야 할지 막막할 것이다. 이처럼 글쓰기와도 친해지려면 시간이 걸릴 수밖에 없다. 날마다 쓰지 않으면, 어색하고 어렵기 마련이다. 따라서 꾸준히 하지 않으면 늘 새롭게 느껴진다. 나도 어느 날은 몇 시간 동안 많은 글을 쓴 적도 있지만, 반대로 전혀 쓰지 못하는 날도 있다.

보험회사에서 근무하고 있을 때, 회사로 작은아들이 처음 보는 아가씨와 함께 온 적이 있었다. 그때 차가 없던 작은아들은 아가씨와 함께 채용설명회가 열리는 지방을 갈려고, 내 차를 빌리려고 왔다. 같이 근무하는 동료들이 내다보았다. 그러면서 사귀는 사람이 아니냐고 물어보았다. 나는 그 아가씨가 작은아들이 사귀는 사람이라는 것을 전혀 짐작조차 하지 못했다. 그런데 2019년 여름의 어느 날, 작은아들이 사귀는 아가씨를 데려온다고 했다. 아가씨를 우리 집으로 데려온다니 비상이었다. 귀한 손님을 맞이하기 위해 집 안을 정리하고, 음식 준비에 정신이 없었지만 즐거웠다. 그런데 집으로 데려온 아가씨를 보고 나는 놀라지 않을 수 없었다. 아가씨는 그때 회사로 데려왔던 그 아가씨였다. 우리 집에 들어선 그녀의 아름다운 모습에 우리 부부는 마음을 다 빼앗겼다. 식사하고 이야기를 나눈 뒤, 작은아들이 아가씨를 바래다주었고, 나는 정리를 마쳤다. 그리고 아가씨를 처음 만났을 때의 느낌을 편지에 담아보았다.

승현이 손을 잡고 우리 집 현관문을 들어신 네 모습은 눈부시게 아름다웠단다. 결혼식장에 서 있는 신부도 이보다 아름답진 못했을 거야. 식탁에 앉을 때, 입고 온 하얀색 블라우스에 음식이 묻을까 조심스러웠단다. 집에 있는 앞치마를 준비했지만, 어여쁜 너에 비해 오래된 앞치마라 식사하는 내내 거슬렸단다.

네가 우리 집에 인사하러 올 줄 알았다면, 에티켓 손수건을 준비했어야 했는데 깜박했구나. 그래도 네 고운 모습은 변함없더구나! 앞치마와 상관없이 너의 모습은 빛나 보였단다.

우리 집은 남자들만 있어서, 내가 음식을 맛있게 해도 칭찬을 안 한단다. 그런데 네가 먹을 때마다 맛있다고 말해줘서 얼마나 기분이 좋았는지 이루 말할 수 없더구나. '칭찬은 고래도 춤추게 한다'라는 말처럼, 기분이 좋은 것은 어쩔 수 없었단다.

승현이 옆에 나란히 앉아 있는 네 모습은 기쁨이었단다. 남자들만 있는 이 삭막한 집에 너의 등장은 사막의 오아시스라고 하면 좀 과한 표현일까? 오늘 와서, 이야기하느라 많이 피곤했을 텐데, 힘들지 않았는지 궁금하구나. 우리 집에 처음 방문이라, 많이 긴장했을 것 같구나! 하지만 네가 긴장하고 신경을 썼듯 우리도 같은 마음이었단다. 표현만 안 했을 뿐이지.

승현이가 너를 인사시키러 온다고 하면서, 나와 식성도 비슷하고 성격도 잘 맞을 거라고 하더구나. 그래서 그런지 오늘 처음 본 너의 인상은 너무 예쁘고 사랑스러웠단다. 앞으로도 자주 볼 수 있으면 좋겠구나! 오늘 네가 우리 집을 방문해준 덕분에 너무 행복했고 즐거운 시간이었단다. 우리 집에 왔다 가느라 수고 많았을 텐데, 편히 쉬어라.

남편은 작은아들에게도 그 편지를 보내보라고 했다. 작은아들은 편지를 받자마자, 혼자서만 보기 아깝다며 그 아가씨에게도 보내주고 싶다고 말했다. 나는 쑥스러워 혼자만 보라고 했지만, 결국 작은아들의 요청대로 내가 쓴 글이 카카오톡 메시지로 그 아가씨에게까지 전달이 되었다. 얼마 후, 아가씨는 바로 답장을 보내왔다. 그녀의 답장을 보고 나는 안도감과 기쁨이 함께 밀려왔다. 하지만 '빨리 답장해야 한다는 부담감 때문에 쉬지도 못하게 한 것은 아니었나?' 하는 생각도 들었다.

지금은 우리 가족이 되었고, 딸이 없는 우리 집에서 딸의 역할을 톡톡히 하고 있지만, 지금 생각해도 엉뚱했다는 생각이 든다. 처음 인사 온 아가씨에게 어떻게 편지 쓸 생각을 했는지. 나의 글쓰기는 이렇게 꿈틀거리고 있었다. 결혼하기 전까지 아들은 거의 한 달에 한 번은 집으로 데리고 왔다. 그리고 나는 그때마다 잘 들어갔는지 카카오톡으로 편지를 보냈다. 그러자 그 아가씨도 나에게 답장을 쓰는 것이 자연스러운 일상이 되어버렸다.

양가 상견례 후에도 나는 작은며느리에게 편지를 보냈고, 내가 보낸 편지에 작은며느리가 답장을 보내주었다.

어머님! 아까 읽고 마음이 너무 따뜻하고, 감사했어요. 앉아서 차분하게 답장하고 싶어서 늦게 답장을 보내요!

저녁은 드셨어요? 저도 어제 너무 긴장되었지만, 한편으로는 정말 설레기도 했어요. 어머님과 아버님께 저희 부모님을 소개해드리니, 너무 기분이 좋았어요. 서로 좋아하시면 좋겠는데, 만약 불편해하시면 어쩌나 걱정이 되었어요! ㅠㅠ 하지만 어머님과 아버님이 이야기도 많이 해주시고, 농담도 해주셔서 분위기가 많이 풀린 것 같아 정말 감사했어요.

어머님! 저야말로 지금은 가진 게 없고, 초라한 모습이라고 생각해요. 그런데 이렇게 예뻐해주셔서 얼마나 감사한지 몰라요. 요즘은 승현이에게도 아주 미안하고 그러네요. 제가 같이 힘이 되어주어야 하는데 직장이 안정되지 못해서 저 자신이 아주 부끄럽고 죄송스러웠어요. 그런데도 항상 예뻐해주시고 사랑해주셔서 감사해요. 지금 제 마음은 어떻게 이 사랑을 보답해드릴 수 있을까 하는 마음뿐이에요. 실망하시

지 않도록 더 열심히 살게요! 아직 결혼은 안 했지만 이미 결혼한 제 남편이라고 생각하고, 아끼고, 존중하며 지낼게요. 특히 어머님, 아버님 사랑을 생각하면 승현이에게도 더 큰 사랑을 주고 싶어요!

승현이를 만나서 계속 성장하고 어른이 되어가는 것 같아요. 승현이 덕에 어머님, 아버님, 그리고 형님, 세 분의 가족이 또 생긴 것 같아 마음이 정말 든든해요.

감사합니다. 어머님!

그렇게 시간이 흐르면서, 우리는 편지로 서로 친해지고 있었다. 글쓰기는 사람과 사람 사이를 따뜻하게 이어주는 매개체였다. 우리는 글쓰기를 통해 서로의 마음을 느낄 수 있었고, 서로의 마음을 알아가고 있었다. 이후에도 작은며느리와 나는 자주 편지를 주고받으며, 가족이라는 의무감보다는 더 편안한 친구 사이가 되려고 노력했다.

작은아들이 며느릿감을 데려왔을 때, 나는 편지로 가까워지려고 노력했다. 아마도 예비 며느리와 이런 방식을 시도한 사람은 흔치 않았을 것이다. 그 당시에는 전화 연락도 부담스러운 관계였기에, 편지를 선택한 것이었다. 물론 편지는 상호적이기 때문에 나 혼자의 노력만으로는 불가능한 일이었을지도 모른다. 상대방이 편지에 응해주지 않았다면 나 또한 한두 번으로 그치고 말았을 테니 말이다. 편지의 대상이 누구라도 괜찮다. 자신에게 맞는 방법으로 글쓰기에 취미를 붙여보자. 이렇게 나는 글쓰기와 친해지고 있다.

3장

글쓰기는
삶을 풍요롭게
해준다

글쓰기를 할수록 삶이 풍요로워진다

'생각을 잘 표현할 수 있는 것만큼 큰 축복이 어디 있을까?'

그림을 그리는 사람은 그림으로 자기를 표현하려 하고, 사진을 좋아하는 사람은 사진으로 자기를 표현하려고 한다. 그러나 글을 쓰는 사람은 자기의 생각을 글로 표현하려고 할 것이다. 다른 사람들이 미처 생각하지 못한 것을 표현하는 일은 부러움의 대상이다. 나도 내 생각을 글로 표현할 수 있어서 너무 행복하다. 글쓰기를 즐겨 하는 사람이 되었다는 것만으로도 기분 좋은 일이다. 현대 사회는 자기 생각과 의견을 자유롭게 표현할 수 있는 시대다. 마치 표현하지 않으면 안 되는 것 같은 그런 시대에 살고 있다.

이러한 세상에서 글쓰기로 자기 생각을 자유롭게 구사하지 못한다면, 그것처럼 안타까운 일은 없을 것이다. 자기 생각을 잘 표현하는 사람들은 그런 면에서 더욱 풍요로운 삶을 살아가게 된다. 글쓰기로 자기 생각과 감정을 표현하는 것 중 하나가 본인이 쓴 글을 블로그와 같은 공간에 올리는 것이다. 글쓰기를 하면서 블로그를 알게 되었고, 나의 일상과 경험을 블로그에 올리기 시작했다. 남들이 경험하지 못한 나의 경험은 다른 사람들에게 공감을 살 수밖에 없다. 이런 공간이 없었다면, 나는 어디에 이런 내용을 표출했을까? 나는 보험회사에 다녔을 때의 경험담을 블로그에 종종 올린 적이 있다.

보험회사를 그만두고, 벌써 20개월이 지났다. 참 빨리도 지나갔다. 지금처럼 추석을 앞둔 이 시기에는 보험설계사들의 마음이 더 분주할 것이다. 왜냐하면, 명절을 보내러 가기 전에 '유(有)실적'을 하고 가야만, 가족들과 편안한 명절을 보낼 수 있기 때문이다. 현재는 이렇게 여유 있는 시간을 보내고 있어 마음이 편안하다. 보험회사에서 일할 때는, 매월 초에는 '유실적'을 해야 했고, 말일에는 말일대로 '마감'을 처리해야 했다. 대부분의 보험회사는 매달 시작하는 첫날에 '유실적'을 하라고 한다. '유실적'이란, 큰 계약이든 작은 계약이든 보험계약을 하는 것을 뜻한다. 한마디로 말해 새로운 달이 시작되었으니 빨리 계약 하나 넣으라는 뜻이다. 유실적은 다른 말로 '점을 찍는다'라고도 한다. 유실적에는 '시책(영업활동을 독려하기 위한 현금이나 물품)'이라는 보상이 걸려 있다. 따라서 명절을 앞둔 시기에는 하루라도 빨리 계약을 체결해야만 많은 시책을 가져갈 수 있다. 아마 모든 영업 조직이 이와 같은 방식일 것이다.

어찌 보면 '보험설계사'는 가장 공평한 조직이라는 생각이 든다. 지난달에 조금 차이로 1등을 놓치더라도 또 기회가 있기 때문이다. 새로운 달이 시작되면, 처음부터 다시 시작하기 때문에 만회할 수 있다. 재미있는 것은 지난달에 총력을 기울여서 말일까지 계약했어도, 새로운 달이 되면 놀라운 일이 벌어진다. 대부분 설계사가 유실적을 달성하기 때문이다. 어디서 다 계약을 해오는지 정말 신기하기만 하다. 이달 마감이 끝나면 동료들끼리 서로 물어본다.

"점 찍을 것 있어?"

다들 있는데 나 혼자만 계약이 없을까 봐 걱정되니 물어보는 것이다. 그래서 지난달에 영업을 가장 잘한 사람조차도 월초에 유실적을 빨리한 사람을 부러워할 수밖에 없다. 이것이 영업 세계다. 하지만 매달 잘할 수도 없고 매달 유실적을 빨리할 수도 없다. 보험설계사가 가장 행복할 때는 지난달 마감도 잘했는데,

이달에 점 찍을 유실적 계약할 것이 있을 때다. 그럴 때는 밥을 먹지 않아도 배가 부르다. 이럴 때는 누가 물어봐주었으면 좋겠다.

"점 찍을 것 있어?"라고.

월초에 빨리 점을 찍어놓으면, 회사 도착하는 것도 즐겁고, 지점장님 앞에서도 우쭐해진다. 고객 때문에 속상한 일이 있어도 금방 즐거워진다. 오늘도 보험설계사의 하루는 이렇게 흘러가고 있을 것이다.

이렇게 글쓰기는 지난날의 아름다운 추억들을 회상케 하며 우리의 삶을 더욱 풍요롭게 만들어준다. 또한 글쓰기를 통해 상상의 날개 속에서 더욱 풍요로운 글쓰기의 세계를 맛보게 된다.

나는 2023년 어느 날 '만약 나에게 100억 원이라는 돈이 생긴다면'이라는 주제로 글을 써보았다.

〈만약 나에게 100억 원이라는 돈이 생긴다면〉

1. 지금보다 더 넓은 59평 아파트로 가려고 한다. 현재 사는 집이 안방은 넓지만, 남편과 나의 서재로 쓰고 있는

방이 너무 좁다. 큰 책상 하나를 놓으면, 공간이 협소해
지기 때문이다. 금액은 25억 원 정도 예상한다.

2. 우리 부부가 가지고 싶어 하는 차를 구매할 생각이다.
   내가 원하는 차는 '지프 랭글러 루비콘(JEEP WRANGLER
   RUBICON)'이다. 남편이 갖고 싶어 하는 차는 '벤츠 마이
   바흐 S580(BENZ MAYBACH S580)'과 '캐딜락 에스컬레이
   드 ESV(CADILLAC ESCALADE ESV)'다. 이 세 대의 차를 구
   매하려면, 5.3억 원이 예상된다.

3. 남편에게 롤렉스(ROLEX) 시계(4,000만)를 선물해주고 싶
   다.

4. 친정어머니를 모시고, 두 아들 내외와 크루즈 여행을
   다녀오고 싶다. 금액은 3,000만 원 예상한다.

5. 두 아들에게 현금만으로 집을 사주고 싶다. 30평대 아
   파트를 8억 원씩에 구매해서 총 16억 원 소요된다. 현
   재 두 아들은 결혼해서 전세 대출을 받아 살고 있다. 하
   지만 대출 이자가 올라가면서 이자 부담이 많이 늘어났
   다. 작은아들은 아파트에 당첨이 되었다. 그러나 이사

가기 진에 조금이라도 이자를 더 줄여보고사 얼마 선에 한 번 더 이사하게 되었다. 큰아들도 현재 거주하고 있는 집이 너무 좁아서 더 넓은 곳으로 이사를 해야 한다.

6. 건물을 사서, 큰아들 내외에게 조그만 공방 하나 마련해주려고 한다. 작은아들 내외는 카페를 운영하고 싶어 하기 때문에 그것을 도와줄 생각이다. 나머지는 월세를 받아 우리 부부가 생활비로 활용할 생각이다. 40억 원 정도 예상한다.

7. 남은 13억 원은 우량주에 투자할 생각이다. 그리고 지금 거주하고 있는 집은 팔아서 기부하려고 한다.

이런 상상을 하는 것만으로도 기분이 너무 좋다. 누가 아는가? 상상하는 모든 일이 현실이 될지.
가끔 내가 써놓은 글들을 볼 때마다, 나는 미소를 짓게 된다.

앞에서 이야기한 것처럼 작은며느리가 결혼하기 전부터 나는 작은며느리와 편지를 주고받았다. 다음 글은 며느리가 항공사 승무원으로 입사했다는 소식을 듣고, 그때 보냈던 편지다. 며느리는 항공사 승무원으로 입사하기 위해 1년 정도 기다렸다. 나는 너무 기뻐서 축하 메시지를 보내주었다.

지영아, 오늘 너무 기쁜 소식을 알려줘서 고맙구나.
네 목소리만 들어도 기분이 좋은데, 이런 소식까지 전해주
니, 더 기쁘구나. 너는 우리 집의 보배란다.
오늘 저녁 맛있는 것 먹고, 승현이랑 영화데이트 하며 재
미있게 보내렴. 축하한다.

〈며느리의 답장〉

와~~! 어머님!!
선물까지 보내주시다니 너무 감사해요♥
저를 보배라고 불러주셔서 얼마나 행복한지 몰라요! 두 분
의 보배로 더 열심히 잘 살게요. 감사합니다♥

이 편지는 지금 다시 읽어보아도, 그때의 기쁨이 새롭게 살
아나는 것 같다. 이처럼 글쓰기는 우리가 풍요로운 삶을 살아갈
수 있게 해주는 것 같다. 글을 통해 나만의 생각과 감정을 표현
할 수 있는 것이 얼마나 큰 행복인지 모른다. 이러한 행복을 느
낄 수 있는 것은 다른 사람보다 훨씬 풍요로운 생활을 하고 있다
는 증거다. 글쓰기는 자신만의 경험담을 통해 자신을 더욱 성장
시켜주는 윤활유이기도 하다. 글쓰기 하나만으로도 남들이 가지

고 있지 않은 도구를 가지게 되는 셈이다. 이러한 글쓰기는 당신도 할 수 있다. 이제부터라도 글쓰기와 친해지면 더욱 풍요로운 삶을 살아갈 수 있게 될 것이다.

글쓰기는 나를 배신하지 않는다

유튜브에 '글쓰기'를 검색해보면 많은 영상이 올라와 있다. 글을 잘 쓰는 비법, 글쓰기 훈련법, 잘 쓰고 싶다면 해야 할 일, 기적의 글쓰기 등등 많은 주제를 다루고 있다. 하지만 결국, 글을 날마다 꾸준히 써야 하는 주체는 바로 '나'다. 이러한 영상들을 아무리 열심히 시청하더라도 글을 써야 하는 내가 글을 안 쓴다면, 아무 소용이 없다. 그렇다면 사람들은 왜 이런 영상들을 보게 되는 것일까? 모든 분야는 수요와 공급의 법칙을 따르기 마련이다. 글쓰기에 관심이 많은 사람이 많기 때문일 것이다. 빨리 글쓰기를 잘하고 싶은 욕구 때문이 아닐까? 글을 잘 쓰고 싶고, 빨리 그 실력이 향상되기를 바라는 마음 때문일 것이다.

하지만 글쓰기를 잘하고 싶다고 해서, 한두 달 만에 글을 잘 쓸 수 있는 것은 아니다. 시간과 노력이 필요하다. 글을 쓰는 사람들은 알고 있다. 처음 작성한 글을 마주하는 순간이 절대 즐겁지 않다는 사실을. 고치고 다듬어가며 수정하는 일을 여러 번 해야 하기 때문이다. 고치기 전에는 누구나 답답한 마음이 들 수밖에 없다. 하지만 수정을 통해 다듬어진다는 것을 알기 때문에 열심히 고치는 것이다. 어쩌면 글쓰기가 나를 배신하지 않을까 걱정하는 것도 나 자신을 못 믿기 때문이 아닐까? 그것을 걱정하느니 꾸준히 글을 씀으로써 글쓰기 실력을 키우는 것이 더 나을 것이다. 열정만 있다면 글쓰기 실력은 점점 나아지게 된다고 믿는다.

나는 직장을 그만두고 집에서 글쓰기와 독서를 하며 시간을 보내고 있었다. 그런 내가 늦은 나이에 글을 쓰며 자기계발을 하고 있으니, 불안한 마음이 드는 것은 당연한 것이다. 글쓰기를 통해 다른 일처럼 성과를 거둘 수 있을지에 대해 걱정이 되지 않는다면 그건 거짓말일 것이다. 그러나 나는 그런 상황에서도 책을 쓰고 싶은 마음을 일기에 담아 이렇게 표현했다.

나는 17년 동안 보험설계사로 일해왔다. 성과를 많이 올린 사람들은 시상식에서 항상 다른 사람들에게 축하를 받는다.

그러나 그렇지 못한 사람들은 그들에게 축하해주는 역할만 하게 된다. 나는 대부분 축하해주는 입장이었다. 물론 그 모습을 보면서 동기부여도 받았고, 다음에는 그 시상식에서 상을 받아야겠다는 꿈을 꾸었다. 그런데 어느 순간부터는 그런 생각도 하지 않게 되었고, 손뼉을 치는 것조차 즐겁지 않았다. 그만큼 일에 대한 열정이 사라졌고, 하고 싶은 마음이 줄어들었기 때문이다. 동기부여를 받는 것도 그 일을 계속하고자 할 마음이 있을 때 갖게 되는 법이다. 관심이 줄어드니 누가 상을 받는지조차 나에게는 관심 밖이었다. 보험회사에서 근무할 때, 나의 지점장이었던 분이 조회 시간에 말씀하셨던 내용이 떠올랐다.

"보험영업을 못 한다고 해서 그분이 다른 것도 다 못할 것으로 생각하지 않습니다."

나는 그 말에 위로를 받았다. 보험영업을 못한다고 인생의 실패자처럼 말씀하지 않았기 때문이다. 사람마다 자신이 잘할 수 있는 분야가 다 다른 것이다.

'그래, 보험설계사로는 성공하지 못했지만, 작가로는 성공하고 싶다. 나는 꼭 그렇게 이루고야 말 것이다.'

언젠가 두통 때문에 며칠 동안 고생한 적이 있었다. 평생 그렇게 심하게 아파본 적이 없어서 겁이 났다. 어쩔 수 없이 대학병원 진료를 예약해야 했다. 그러면서도 책을 써야겠다는 열망은 꺾이지 않았다. 그때 나의 심정을 이렇게 기록으로 남겨두었다.

'지금까지 살면서 이렇게 오랫동안 두통을 겪은 적이 없었다. 두통이 있더라도 약을 먹으면 바로 사라졌었다. 그래서 더 걱정된다. 몇 년 전에도 두통으로 인해 대학병원에 가서 CT 검사까지 받은 적이 있었다. 머리 염색을 하려고 가던 날, 두통이 심해서 약을 먹긴 했지만, 바로 진정되었다. 그러나 이번에는 너무 오래 지속되는 것 같다. 내일은 꼭 응급실에서라도 진료를 받아봐야 할 것 같다. 일반진료는 한 달이나 기다려야 한다고 하니 어쩔 수가 없다.'

어쩌다 이렇게 병원을 자주 가야 하는 상황이 되었을까? 다음 달에는 또 산부인과가 예약되어 있다. 책 쓰기를 해야 하는데 이렇게 자꾸 병원 가는 일로 글쓰기를 하는 나의 도전을 방해하고 있다. 나는 글쓰기를 통해 책을 쓰고, 반드시 성공할 것이다. 나이가 많다고 도전하지 말라는 법은 없다.

이렇게 일기를 쓸 때마다 나는 항상 책을 쓰고 싶은 소망을 품어왔다. 글쓰기와 독서를 병행하면서, 책을 쓰게 된 것은 결국 간절한 마음의 결과가 아니었을까? 나는 보물 지도를 그려놓고 매일매일 원하는 꿈을 실천하고 있다. 보물 지도에는 작가가 된 나의 모습이 담겨 있다. 하지만 처음부터 보물 지도를 만들기 시작한 것은 아니었다. 글쓰기를 하면서 독서를 하게 되었고, 독서를 통해 《보물 지도》라는 책을 알게 된 것이다. 책을 보면서 바로 실천하지는 못했지만, 결국 그 《보물 지도》를 통해 나의 꿈을 키우게 되었다. 그리고 마침내 책을 쓰게 된 것이다. 물론 책을 쓰는 과정은 쉬운 일이 아니었다. 이 글에는 그때의 심정이 담겨 있다.

처음으로 써 내려간 글을 보는 것은 마치 설거지를 해놓지 않고 담가놓은 그릇을 보는 기분이었다. 아무렇게나 담겨 있는 그릇을 보는 것처럼 마음이 심란한 것이 있을까? 쳐다보고 싶지 않은, 그러나 언젠가는 해야만 하는 일인 것이다. 몇 시간 동안 글을 써 내려갔는데, 마음에 들지 않았을 때 그 속상함이란…. 도대체 어디서부터 잘못된 것일까? 도대체 나는 오늘 온종일 무엇을 했단 말인가? 처음부터 다시 쓰고 싶은 심정이었다. '그 시간에 실컷 잠이나 잘걸' 하는 후회가 밀려왔다.

하지만 이것도 글을 쓰는 과정이라 생각한다. 머릿속에 있
는 생각을 글로 표현하는 일은 정말 어려운 일이었다. 무(無)
에서 유(有)를 창조해내는 일이 아닌가? 책을 쓰는 일이 이
렇게 많은 고민을 해야 하는 일인 줄 생각도 못 했다. 완성
될 것 같으면서 안 될 때, 그 안타까운 심정은 책을 써본 사
람이라면 알 것이다. 새로운 꼭지의 내용을 쓸 때마다, 매번
겪어야 할 어려운 관문이었다. 그러나 포기하고 싶은 순간마
다 나는 마음을 고쳐먹었다. 도저히 쓸 수 없을 것 같은데도,
꼭지(소제목)의 내용이 완성되었다. 한 꼭지의 내용이 완성되
면, 그다음은 쉬울 것이라 생각했다. 그러나 매번 써나갈 때
마다, 혼신의 힘을 기울여야 했다. 그렇게 나의 책은 조금씩
완성되어가고 있었다. 결국 초고가 완료되니, 마음이 뿌듯했
다.

'나에게 작가의 자질이 있긴 있구나!'

드디어 오늘 새벽 원고를 완성했다. 독수리 타법으로 키보
드 자판을 두드리는 사람이 출판사와의 계약 후, 13일 만에
마무리한 것이다. 의지의 한국인이 따로 없다. 정상적인 키

보드 타법이었다면, 더 빠르게 쓰지 않았을까? 일단 원고를 다 완성했기에, 매우 기분이 좋다. 완성된 꼭지를 읽으며 더욱 뿌듯한 마음이 들었다. 오늘은 조금 순조롭게 끝났다. 책에 있는 거의 모든 사례가 나와 내 가족에 관련된 이야기이기 때문에 많은 사람에게 더욱 공감되지 않을까. 사례를 찾는 일은 굉장히 어려운 일이었다. 이럴 줄 알았더라면, 더 일찍 일기를 쓰고 메모를 남겼으면 좋았을 것이다. 이제는 메모도 많이 하고, 자세히 기록해놓으리라. 그리고 나를 너무 과소평가하지 말아야 한다. 지금 원고를 완성했다는 것만으로도, 대단한 일이다.

나는 오늘도 기적을 만들어나가고 있다. 오랜 시간 동안 고생했으니, 당분간은 마음 편히 잠을 잘 수 있을 것 같다. 초고를 쓰는 동안 많은 에너지가 소진되었다.

글쓰기는 나의 꿈을 이루어주는 도구라는 사실이 증명되었다. 그리고 나를 성장시켜준다. 누구나 한 번쯤은 자신이 살아온 이야기를 책으로 출판하고 싶어 한다. 퇴직 후 책 출판을 목표로 삼는 사람들이 많을 것이다. 나도 일기에 가끔 기록한 것처럼 간절히 원했던 꿈이다. 그러나 처음에는 어떻게 시작해야 할지 너무 막막했다. 하지만 결국 그 꿈을 이루어내고 말았다. 글쓰기를 하면서 '블로그'를 개설했다. '블로그'에 글을 올리는 일을 시작하지 않았다면 날마다 글을 쓰는 일도 실천하기 어려웠을 것이다. 이렇게 글을 올리기 시작한 것이 지금의 성과를 가져다준 것이다. 책을 쓰게 된 것은 글쓰기가 나를 배신하지 않았다는 것을 말해준다. 글쓰기는 절대로 당신을 배신하지 않을 것이다.

글쓰기로 인생 2막이 달라진다

2016년에 동해안으로 가족여행을 다녀온 적이 있었는데, 그 때 처음으로 모터보트를 타게 되었다. 전에도 타보고 싶었지만, 비용이 만만치 않을 것 같아 아예 생각하지 않았다. 그런데 이상하게도 그때는 타보고야 말겠다는 오기가 생겼다. 새로운 것에 대해 늘 두려움이 많았던 나에게는 대단한 모험이었다. 남편에게 계속 타보고 싶다고 졸라대자, 전혀 예상치 못한 나의 행동에 아이들도 많이 놀란 표정들이었다. 오죽하면 작은아들이 "엄마가 이렇게 적극적으로 하려고 하는 것은 이번이 처음이야"라고까지 했을까?

결국, 우리 가족 모두는 내 성화에 못 이겨 어쩔 수 없이 모터보트를 타게 되었다. 모터보트에 타는 순간에도 어떤 일이 일어날지 예상치 못했다. 단순히 모터보트를 탄다는 생각만 하면서 탔기 때문이다. 모터를 움직여서 가는 배이기 때문에 소리가 클 수밖에 없었다. 우리가 타자마자 모터보트는 엄청난 소리를 내며 바다 한가운데로 우리를 데리고 갔다. 거기까지는 그래도 괜찮았다. 바다 한가운데서 배를 좌우로 틀며, 물속으로 처박을 듯 곡예를 하는 것이었다. 아무래도 일부러 그렇게 하는 것 같았다. 나는 심장이 멎을 것 같았다. 그제야 나는 내가 엄청난 착각을 했다는 사실을 깨달았다.

모터보트가 어떻게 움직이는지도 모르고, 유람선처럼 천천히 가는 것으로 생각했었다. '나는 왜 이리 단순할까?' 하긴 그렇지 않았으면 타지도 않았을 것이다. 가족들이 말리는데도 부득부득 고집부려서 탔으니, 소리도 지르지 못하고, 나는 가만히 있을 수밖에 없었다. 하지만 이리저리 움직일 때마다 너무 무서워서 나도 모르게 비명이 저절로 나왔다. 소리를 하도 지르니, 앞에서 조종하시는 분이 나를 힐끔힐끔 쳐다보며 웃었다. 내가 소리 지르는 것을 더 재미있어 하는 것 같았다. 일부러 더 곡예를 부리듯 난폭하게 배를 조종하는 것이었다. 아, 모터보트에 있는 시간이 왜 그리 길게만 느껴지는지, 빨리 시간이 가기만을 기다리고 또 기다렸다. 한참 뒤 모터보트가 해변에 우리 가족을 내려놓자,

나는 맹세했다. 다시는 모터보트를 타지 않겠노라고. 그 이후 모터보트는 내 마음속에 두렵고, 무시무시한 존재로 지금까지 남아 있다. 시간이 지나도 기억 속에 남아 있는 두려움의 잔재들은 나에게 공포로 다가왔다.

2022년에 사부인과 함께 싱가포르에 갔다. 수영장에서 물이 무서워 수영할 엄두가 나지 않았다. 나는 물속에 몸을 담갔다 바로 나왔다. 사부인은 수영을 못한다고 말씀하셨지만 용기 내서 수영을 하려고 했다. 그런 사부인이 부러웠다. 기회는 항상 열려 있는 것이 아니다. 인생은 얼마나 모험을 많이 하느냐에 따라 성공과 실패를 맛볼 수 있다. 그리고 다양한 경험을 통해 인생의 깊이도 달라지는 것이다. 그런데 모험하지 않고 안주하려고 하면, 더 이상 나아갈 수 없다. 마찬가지로 인생 2막을 다르게 살고 싶다면, 기회를 만들어서 도전을 해봐야 한다.

나는 글쓰기를 하기 전에는 정말 둔한 사람이었다. 남편이 머리를 이발하고 와도 무슨 변화가 있는지 바로 알아차리지 못했다. 그만큼 주위의 변화에 대해서 민감하지 못했다. 어느 날은 남편이 이발하고 왔는데 아무 말도 하지 않고 그냥 있었다. 그것도 이틀씩이나.

"당신 내가 머리한 것을 알긴 하는 거야?"

내가 아는 척을 안 하니 남편이 먼저 물어본 것이다. 얼마나 아는 척을 안 했으면 그런 말을 했을까? 좀 지나서 머리가 달라진 것을 알았지만, 한참 지나서 말하기는 민망했기에 가만히 있었다. 그래서 말할 기회를 놓쳤다며 변명 아닌 변명을 늘어놓았다. 그런 내가 블로그에 글쓰기를 하면서 조금씩 바뀌기 시작했다. 블로그 소재를 찾다 보니 사물에 대해 눈여겨보게 된 것이다. 다시 말해 주변을 관찰하는 습관이 생겼다. 이전보다는 확실히 주변의 변화를 금방 알아차리게 된 것이다. 그런 나의 모습을 보면, 나도 모르게 웃음이 나온다.

"당신, 이발했네요. 머리가 너무 길어서 좀 답답했는데 잘했어요."

글쓰기를 하려면 매일매일 나도 모르게 타인에 대해서, 그리고 사물에 관해서 관심을 가질 수밖에 없다. 그래야만 글을 쓸 수 있는 주제가 보이기 때문이다. 그럼 나처럼 둔한 사람도 주변의 변화를 금방 알아차릴 수 있게 된다. 산책을 하면서도 주변 경관을 더 유심히 보게 된다. 자연에 대해서도 마찬가지로 관심을 더 가지게 된 것이다. 이 모든 것들이 글쓰기의 소재가 되기 때문이다. 나는 글쓰기를 하면서 블로그를 운영하게 되었다. 이 나이에도 블로그를 시작할 수 있었던 것은 순전히 글쓰기를 했기 때문이다. 그리고 책을 쓰게 되었고, 인스타그램도 시작하게 되었다. 엄청난 발전이다.

글쓰기 하나로 이렇게 많은 일을 이루어낸 것이다. 이러한 과정을 통해 나는 점점 더 많은 것들을 할 수 있다는 자신감을 얻게 되었다. 사람들은 평생에 책 한 권을 쓰는 게 소원이라고 하는데, 나는 이미 책을 썼으니, 절반은 이룬 셈이다. 글쓰기를 안 했다면, 언감생심 생각도 못 했을 것이다. 앞으로 유튜브도 할 계획이지만, 이 모든 것들은 글쓰기로 인해 시작된 것이다.

사람들은 글쓰기가 어렵다고 한다. 그러면서도 카카오톡 메시지는 잘 보낸다. 카카오톡도 결국 글쓰기가 아닌가? 그런데도 자신들이 글쓰기를 못 한다고 생각한다. 문자 메시지든, 카카오톡이든 글쓰기다. 그러니 우리는 매일 글쓰기를 하는 사람들이다. 글쓰기는 특정한 사람들의 전유물이 아니다. 내가 어려워하고, 생활 속에서 제대로 활용하지 못하고 있을 뿐이다. 나는 글쓰기로 인생 2막이 달라졌다. 글쓰기를 통해 책을 쓰게 되었고, 다양한 SNS도 할 수 있게 되었다. 또한 책 출간으로 인해 인세가 나오기 때문에, 결과적으로는 인생 2막을 준비할 수 있게 된 것이다. 인생 2막을 준비하려면 글쓰기는 필수다.

글을 잘 쓰기 위해서는 매일 일기를 쓰는 것도 좋은 방법이다. 그러나 일기는 남이 보는 게 아니기 때문에 가볍게 쓰는 경우가 있다. 그러나 블로그나 브런치 등에 올리는 글쓰기는 다르다. 공개된 글이기 때문에 아무리 못 쓰는 사람도, 적어도 한 번은 다듬어서 글을 올리게 된다. 다른 사람에게 보여주기 위해서는 그럴 수밖에 없다. 외모든 글이든 누가 보느냐, 안 보느냐에 따라 가꾸는 모습도 달라지는 것이다. 따라서 누가 내 글을 본다고 생각하면, 더욱 신경 쓰고 노력하는 것이 일반적인 모습일 것이다.

나는 블로그를 운영하면서 한 번도 그냥 글을 올린 적이 없었다. 한 번이라도 수정하지 않고 올리면 맞춤법이 틀린 것도 있고, 문맥이 안 맞는 것도 있기 때문이다. 몇 번을 다듬어서 올리더라도 올리고 나면 그전에는 안 보이던 것이 눈엣가시처럼 보이게 된다. 외출할 때 단정히 차려입고 사람을 만나는 것처럼, 내 글 역시 많은 사람에게 보이는 것이라면 마음가짐이 달라진다. 그만큼 신경을 더 써야만 하는 것이다.

나는 글쓰기를 하면서 책을 쓰게 되었고, 나의 이야기를 전하게 되었다. 그동안 내가 살아온 과정을 통해 나를 돌아보게 되었고, 잃어버린 나를 다시 찾을 수 있었다. 그리고 미래의 나의 삶에 대해서 구체적인 계획을 세울 수 있게 되었다. 또한 앞으로 어떻게 살아가야 할지, 삶에 대한 방향을 찾을 수 있었다. 이를 통해 나의 꿈을 시각화해서 내가 원하는 삶의 모습을 상상하게 되었다. 그중 첫 번째로 작가가 된 것이다.

나는 글쓰기를 통해, 자기계발을 하는 중이다. 앞으로도 그 목표를 향해 나아가게 될 것이다. 글쓰기는 내 생각과 경험을 다른 사람과 공유함으로써 그들의 삶도 풍성하게 만들어주는 일이다. 또한 글쓰기를 하면서 독서의 필요성을 느끼게 되었다. 이를 통해 글쓰기와 독서를 병행해서 더 나은 방향으로 발전시킬 수 있었다. 이렇게 글쓰기를 하면서 나의 인생의 방향을 재조정하게 되었다. 이제 더 이상 모터보트에 대한 두려움을 버리고, 도전해보려고 한다.

글쓰기를 함으로써 책을 쓰게 되었다. 책 쓰기는 나의 인생 2막에서 나의 첫 번째 파이프라인이 되어줄 것이다. 책을 쓰고 작가가 되었기 때문이다. 내 책을 통해 독자 중 누군가가 책 쓰기에 대한 동기부여를 받을 수 있었으면 좋겠다. 만일 그런 일이 일어난다면 그것만으로도 나의 인생 2막은 성공한 삶이라 할 수 있을 것이다. 또한 더 나아가서 책 쓰기를 원하는 독자들에게 컨설팅과 강연의 기회도 같이 얻을 수 있게 될 것이다. 그동안 나는 원하는 삶을 살지 못했고, 힘들게만 살아왔다. 나와 같은 삶을 살았던, 그리고 살아가는 독자들에게 인생 2막을 잘 준비할 수 있도록 도움이 되었으면 한다. 이렇게 글쓰기는 인생 2막을 춤추게 한다.

글쓰기로 시작하는 하루는 행복하다

　나는 매일 아침 글쓰기로 하루를 열어가고 있다. 하루를 글쓰기로 시작하면 마음에 행복을 가져다주기 때문이다. 글쓰기로 세상을 향해 나아가는 것이다. 나는 나의 작은 방에서 키보드를 두드리고 있다. 혼자 쓰는 글이지만, 마치 많은 사람과 소통하는 것처럼 느껴진다. 키보드를 두드리며 어떤 이야기가 펼쳐질지 기대가 된다. 비록 소소한 것이라 해도 나의 언어로 표현되는 글이기 때문이다. 그것은 바로 설렘이다. 때로는 산고의 고통이 따르기도 한다. 하지만 그것은 더 나아가기 위한 과정이다.

　2023년 어느 날 아침 일찍, 반가운 전화가 걸려왔다. 큰며느리의 전화였다.

"정연이니? 반가워."

"어머님! 저 임신했어요."

얼마나 좋으면 아침 일찍 전화했을까?

"그래! 축하한다."

옆에서 듣고 있던 남편도 "다행이다. 축하한다"라며 환호해주었다.

"아이는 토끼띠가 될 것 같아요."

"몇 주 됐대?"

"7주요."

"예정일이 언제지?"

"11월 중순이요."

몹시 춥지도 않고 덥지도 않은 때라 산모에게도 얼마나 다행인지 모른다.

"무거운 물건은 들지 말고 힘든 일도 하지 마라. 항상 조심하렴."

같이 듣고 있던 남편은 한술 더 뜬다.

"밥 짓고 빨래하는 것도 다 승일이에게 시켜."

며느리 사랑은 시아버지라고 하더니 며느리를 향한 시아버지의 사랑이 벌써 대단하다. 나는 너무너무 잘되었다고 말해주었다. 며느리는 나이가 있어서 아이를 갖는 일을 걱정했는데, 이렇게 임신이라고 하니 굉장히 뿌듯하고 기특했다. 그리고 제일 먼저 시부모에게 알려준 것이 더욱 고마웠다. 큰아들은 얼마 전에 이사했는데 바로 아기를 갖게 되어 더욱 기쁜 마음이 들었다. 그리고 올해의 목표 중 한 가지인 임신을 하게 되어 다행이라는 생각이 들었다. 나는 며느리에게 아기를 가졌을 때 책을 많이 읽으면 영특한 아이가 태어난다는 말을 해주었다. 그리고 약도 함부로 먹지 말고 감기도 조심하라는 말을 해주었다. 혹시라도 병원에 가게 되면 꼭 임신한 사실을 이야기하라고 알려주었다.

오늘 하루는 이렇게 즐거운 소식을 들으며, 기쁘게 하루를 열어가고 있다. 행복한 마음을 이렇게 일기에 담아두면 가끔 읽어볼 때마다 더욱 그 마음이 오래오래 간다.

다음은 책을 쓰고 있던 기간에 쓴 일기다.

시끄러운 소리에 눈을 떠보니, 남편이 아직 자는 나를 위해 조심스럽게 청소하고 있었다. 그러고 보니 오늘은 6월 6일 현충일이다. 순국선열들에게 다시 한번 감사의 마음을 가져본다. 그들이 있었기에 오늘의 아침을 맞이하게 되는 것이다. 오늘은 어떤 하루가 나를 기다리고 있을까? 왠지 글이 잘 써질 것 같은 기분이 든다. 일어나 보니 남편은 내 집필실 방부터 깨끗이 청소해놓았다. 그리고 대청소하기 위해 소파도

밀어놓고 대대적으로 청소를 하고 있었다. 30분 전부터 하고 있었다고 한다. 깨끗하게 청소된 방을 보니, 더욱 남편에게 감사한 마음이 들었다. 일어나면 내가 바로 책 쓰기 작업부터 할 수 있게 하기 위한 남편의 배려다. 남편의 얼굴에는 땀이 송골송골 맺혀 있었다.

지난 시절, 가족을 위해 열심히 살아왔기 때문에 이런 기쁨을 누리게 되는 것 아닐까? 그래, 과거에 열심히 살아온 보답이라 생각하자. 결혼하고 지난 36년 동안 참 바쁘게 살아왔다. 아이들을 키우며 시간에 늘 쫓기듯이 살아왔기 때문이다. 결혼해서 지금까지는 남편을 내조해왔으니, 이제는 남편의 외조를 당당하게 받으려 한다. 어제는 늦은 시간까지 도저히 있을 수 없었다. 전날에 밤을 꼬박 새운 탓인지 일찍 들어가 잠이 들었다. 그래, 무쇠로 만든 몸도 아닌데, 어떻게 이틀을 연속으로 밤을 새우겠는가? 작가가 되면서 이런 행복도 누리고 있다. 늘 남편과 아이들만을 위해 살아오다가 이런 대접을 받는 것이 아직은 낯설기만 하다. 이젠 과거를 돌아보기보다는 앞으로 펼쳐질 미래만 생각하자. 오늘 하루도 이렇게 감사로 하루를 시작해본다.

나는 이렇게 즐거운 마음으로 글을 쓰고 있다. 아침에 일어나

컴퓨터 앞에 앉는 순간, 자연스럽게 글을 쓰게 된다. 물론 특별한 주제가 없을 때는 한두 줄만 작성한다. 얼마나 많이 쓰느냐가 중요한 게 아니라, 매일 글쓰기로 시작하는 것이 중요한 것이다. 그렇게 하루를 시작하면, 시간을 더욱 소중히 여기게 된다. 또한 아침에 일어나면, 블로그 이웃들의 올라온 글을 읽고, 댓글을 단다. 내가 올린 글에 댓글을 주신 분들처럼, 이웃님의 글에 대해 댓글을 작성하는 것이다. 이렇게 블로그 안에서 소통하는 재미도 쏠쏠하다.

2023년 어느 날, 블로그에 올린 내용이다.

어제는 날마다 올라왔던 이웃님의 글이 올라오지 않았다. 그러다 오전에 글이 올라오자, 너무 반가워서 빠르게 읽고 댓글을 달았다. 일이 있어서 조금 쉬엄쉬엄하겠다고 했다. 직장생활을 하면서도, 매일 두 번씩 포스팅을 해왔으니 그렇기도 할 것이다. 물론 내 기준일지도 모른다. 살다 보면 가끔 생각지도 않는 일을 만나게 된다. 그러다 보면 블로그에 집중하기 어려워질 수도 있다. 그럴 때는 쉬어가야 한다. 아니 쉬어갈 수밖에 없다. 사람이 처리할 수 있는 능력은 한정되어 있다. 그런데 그 이상의 일을 해야 하는 일이 생긴다면, 어떻게 해야 할까? 당연히 내가 하는 일 가운데 어느 것은 과감히 포기해야만 한다. 어쩌면 내가 매일 글을 올리는 것도 내가 잘해서가 아니다. 나에게 다른 특별한 일이 생기지 않았기 때문일 것이다.

블로그에서 날마다 이웃의 글을 읽는 것은, 그 이웃을 만나는 것과 같은 의미다. 마치 이웃집에 가서 차 한 잔을 마시며, 담소를 나누는 것과 같다. 어쩌면 가끔 전화하는 친구나 지인들보다도, 더욱 친밀함을 느끼고 있는지도 모른다. 그들은 내 근황뿐만 아니라, 내 속마음을 읽어낼 수 있을 것이다. 그래서 나는 그 이웃님에게 천천히 가시라는 말을 드리긴 했지만, 왠지 허전한 마음이 들었다. 길을 함께 나란히 걷다가 갑자기 혼자가 된 기분이라고 해야 하나. 그 이웃님뿐만 아니라, 자주 소통하는 이웃님들과는 서로를 의지하고, 힘을 주는 그런 사이였다. 블로그 이웃과 자주 못 볼 것을 생각하니, 갑자기 힘이 빠지는 기분이 들었다.

누구에게나 언제든 일어날 수 있는 일상적인 일이다. 그런데도 오늘은 유난히 나 혼자 무인도에 고립된 것처럼 외로움이 밀려왔다. 그렇다. 사람은 결국 혼자다. 혼자 태어났으니 혼자인 존재인 것이다. 함께 걸어가던 사람들도 결국에는 다 떠나가고 나만 혼자 남겨지게 될 것이다. 100세 시대라고 한다. 100세까지 살 수 있다는 것은 굉장한 축복이다. 그러나 한편으로는, 더 많은 시간을 홀로 지내야 한다는 의미일 수도 있다. 그렇다고 생각하니, 내 주변에 있는 사람들이 참으로 소중하다는 생각이 들었다. 설령 마음에 안 드는 부분이 있다 해도, 보듬어가며 살아야 할 것이다. 우리가 걸어가는 인생은 전혀 녹록지 않다. 항상 즐거운 일만 있는 것도 아니고, 그렇다고 나쁜 일만 있는 것도 아닐 것이다. 봄이 오고, 여름이, 그리고 가을이 오고, 겨울이 오듯이 자연스러운 과정일 뿐이다. 그러나 그 속에서 살아갈 힘을 얻게 되는 법이다.

나는 아침에 일어나면, 일기를 쓰는 것처럼 블로그 이웃들과 댓글로 소통한다. 블로그에 글을 올리면, 다양한 사람들이 댓글로 자신들의 생각을 서로 나누곤 한다. 이것이 일기와 다른 점이다. 일기는 혼자만의 생각을 통해 나의 내면을 들여다보는 과정이다. 그러나 블로그는 나의 글을 통해 다른 사람과 생각을 나누고 교류함으로써 다양한 세상을 경험할 수 있게 된다. 매일 글쓰기로 아침을 시작해보자. 일기로 내 생각을 적어보고, 블로그로 다른 사람의 생각을 이해하며 만날 수 있다. 나는 매일 글쓰기로 하루를 열어가고 있다. 당신도 그렇게 할 수 있다. 글쓰기로 시작하는 하루는 나에게 '행복'이라는 선물을 선사하고 있다.

글쓰기는 진정한 나를 만나게 한다

나는 책을 쓰면서 새벽에 잠이 든 적이 많았다. 또 어느 날은 아예 밤을 새우기도 했다. 밤을 새우는 일이 내 나이에도 가능한 것일까? 학교에 다닐 때도 시험 공부를 하기 위해 밤을 새운 적이 단 한 번도 없었다. 밤새워 공부한다는 것은 나의 일생에 한 번도 존재하지 않았다. 그만큼 하기 싫은 일을 하는 것과 하고 싶은 일을 하는 것의 차이가 아닐까? 나의 경우, 학교는 다니고 싶어서 다닌 게 아니었다. 부모님이 가라고 하니 때가 되어 그냥 다녔다.

고등학교 시절, 시험 기간만 되면 남산 도서관에 가서 자리를 확보해놓고 공부한 적이 있었다. 일찍 가지 않으면 자리가 없어서 새벽에 일어나야만 했다. 아침에 일어나기가 어려운 날은 어머니께 깨워달라는 부탁을 드리기도 했다. 어머니는 도서관에 공부하러 가는 딸을 위해 덩달아 일찍 일어나서 도시락을 싸주시기까지 했다.

도서관에 가느라 새벽부터 일어나서 잠을 못 자고 보니, 도서관 의자에 앉는 순간 피곤이 몰려왔다. 너무 피곤해서 일단 잠을 잤던 것 같다. 그 당시에는 의자에 엎드려 잠을 자도 왜 그리 잠이 잘 오는지, 정말 신기하기만 했다. 그리고 일어나면, 배가 고파서 같이 갔던 단짝 친구와 함께 식당에서 도시락을 먹곤 했다. 그리고 휴게실에 가서 수다를 떨다 보면, 2~3시간이 훌쩍 지나가 버렸다. 그러고 보니 공부하기 위해 앉아 있었던 시간은 불과 몇 시간도 채 되지 않았다. 집에 와서 저녁을 먹고, 역시 시험 공부를 한다고는 하지만, 식곤증이 밀려왔다. 책상에 엎드려 잠이 들면, 어머니는 편히 자라고 하셨다. 나는 조금만 더 잔 뒤 다시 일어나서 공부하겠다고 말씀드렸다. 그러나 결국 전등불만 밤새도록 켜놓은 채 잠을 잤었다.

나는 글쓰기를 하면서도 '글쓰기를 하며 사는 삶이 나에게 맞는 것인지'에 관해 끊임없이 물어보고 또 물어보았다. 일기를 쓰면서도, 그리고 블로그에 글을 올리면서도 그렇게 질문을 던졌다.

2022년 어느 날, 나의 일기에 써놓았던 글이다.

　뜬금없이 어린 시절의 추억이 하나 떠올랐다. 그 기억을 통해서 내가 그 시절에도 글을 잘 쓰고 싶어 했었다는 것을 알 수 있었다. 참 신기한 일이다. 국민학교(현 초등학교) 5학년 때, 교회 주일학교에서 글쓰기 경연대회가 있었다. 나는 원고지에 글을 쓰면서 어떤 말로 첫마디를 시작해야 할지 고민했던 것 같다. 오래전 일이라 시작을 어떤 말로 시작했는지, 글의 제목이 무엇이었는지 기억이 나지 않는다. 하지만 멋진 글을 쓰고 싶어 했던 것만은 분명하다. 어린 마음에 그런 생각을 하도록 만든 이유는 무엇이었을까? 어쩌면 학용품을 상품으로 받을 수 있다는 기대감 때문이 아니었을까? 그런데 왜 기억에서 사라졌던 그 일이 갑자기 생각이 난 것일까?

　지금 내가 하는 일은 글 쓰는 일이다. 그러다 보니 나도 모르게 내면 깊은 곳에 있던 기억들이 안개처럼 희미하게 피어오른 것 같다. 그래서 그 기억들이 떠올랐던 것이 아니었을까? 그러나 아쉽게도 국민학교 5학년 때의 일은, 대학교에 진학하기 전까지 나의 글쓰기의 처음이자 마지막 경험이었다. 그 이후로는 고등학교 졸업 때까지 나에게 글을 쓸 기회도 없었고, 글을 쓸 생각도 하지 않았다. 대학교에 진학했지만, 전공과목인 전산과는 고등학교 때 문과 출신이었던 나에게 맞지 않았다. 아무리 노력해도 여전히 흥미가 생기지 않았다. 그래서 나름대로 대학 생활을 잘해보려고 동아리 활동으로 학보사에 지원했다. 하지만 선배들에게 따뜻함을 느낄 틈도 없이, 수습기자 일에만 몰두해야 했다. 결국 그곳에서도 흥미를 찾지 못하고 겉돌기만 했다. 전공과목이나 동아리 활동도 나의 기대와는 달리 나에게 아무런 유익을 주지 못했다. 그렇게 2년을 허송세월만 하다가 졸업을 했다. 졸업 후에도 여전히 글쓰기와는 전혀 상관없는 일들만 해왔다.

매일 글을 쓰는 나의 모습을 보면서, 이런 생각을 해보았다. '지금 내가 하는 글쓰기가 나와 전혀 맞지 않는다면 글을 쓰는 것 자체가 어려웠겠지!' 나는 하루 중 많은 시간을 책상에 앉아 글을 쓰고 있다. 이런 나의 모습을 보면 글 쓰는 일이 전혀 맞지 않는 것은 아닐 것이라는 생각이 든다. 나는 의자에 앉기만 하면 글을 쓰고 있다. 어떻게 몇십 년을 글쓰기와 전혀 상관도 없는 일을 하며 살아왔는지, 참으로 아이러니한 일이 아닐 수 없다. 만약 글쓰기가 나에게 맞는 일이라면, 지금이라도 그것을 발견한 것이 참으로 다행이 아닐 수 없다. 그와 동시에 나는 크나큰 실수를 한 것이기에 나 자신에게 미안하다. 그동안 내가 얼마나 많은 시간을 낭비한 것인가? 안타까운 일이다.

프랑스 철학자 루소(Jean Jacques Rousseau)는 "첨삭을 반복해서 알아볼 수 없게 된 원고가 나의 노고를 말해주고 있다. 인쇄기에 올라갈 때까지 몇 번이고 고치지 않은 원고는 하나도 없다. 그중에는 한 문장을 일주일 동안 밤을 새워가며 머리를 쥐어짜서 종이에 옮긴 적도 있다"라고 말했다.

글 쓰는 일은 인내심이 없이는 정말 하기 힘든 고된 일이다. 적어도 나에게만큼은 그런 것 같다. 그런데도 나는 이 어려운 일을 반복적으로 하고 있으며, 때로는 즐기고 있다. 그런 것을 보면 글을 쓰는 일은 나에게 전혀 맞지 않는 일은 아니라는 생각이 든다. 설마 내가 마땅한 일이 없어서 글쓰기를 선택한 것은 아닐 것이다. 처음엔 볼품없어 보이는 글들도 나의 손을 거치며 조금씩 다듬어질 때마다 더할 나위 없이 큰 기쁨을 느끼게 된다. 마치 수선집에서 수선하는 사람의 손에 의해 옷이 더 좋은 모습으로 바뀌는 것과 같다. 내가 쓴 글들도 시간이 지남에 따라 점점 그럴듯한 모습으로 바뀌는 것이다. 그럴 때마다 글을 고치기 위해 힘들었던 순간들도 다 잊어버리고 미소 짓게 된다. 이러한 희열 때문에 글을 쓰는 게 아닐까? 그것이 바로 내가 글을 쓰는 이유인 것 같다.

또 최근에는 이런 일기를 쓰기도 했다.

나도 나의 모습에 놀라는 중이다. 어떻게 나에게 이런 모습이 있었는지 신기할 뿐이다. 그동안 이렇게 열정을 다해서 일해본 적이 한 번도 없었다. 정말 기적이다. 이게 진정한 나의 모습일까? 정말 나는 이 일이 열정을 쏟을 만큼 즐거운 것일까? 그렇지 않다면 내가 밤을 새우면서까지 이 일을 하지는 않았을 테니 말이다. 머릿속에 있는 생각을 글로 만들어 내는 것은 정말 쉬운 일이 아니다.

책을 써보면서 작가의 마음을 알 수 있을 것 같았다. 한 권의 책에 작가의 피와 땀과 고뇌와 열정이 얼마나 많이 담겨 있는지 느끼고 또 느끼고 있다. 내가 지금 이 정도 쓴 것만으로도 기적이다. 오늘도 나는 이렇게 기적을 만들어가고 있다.

나이와 상관없이 많은 사람이 글쓰기를 좋아했으면 좋겠다. 글쓰기를 특별한 사람만이 하는 게 아니라, 우리 일상생활에서 자연스럽게 할 수 있는 문화가 만들어졌으면 하는 바람이다. 어릴 적부터 글쓰기를 한다면 자신의 꿈을 좀 더 일찍 발견할 수 있을 것이다. 이렇게 늦은 나이에 발견하는 것보다는 훨씬 더 많은 기회를 찾을 수 있을 것이다. 나는 우리의 청소년들이 자유롭게 자신의 꿈을 이루어나갈 기회가 많아졌으면 좋겠다. 나는 어렸을 때 나의 꿈이 무엇인지 모른 채 살아왔다. 그리고 그것이 얼마나 중요한지도 잘 몰랐다. 현재를 살아가는 청소년들은 그런 일이 없었으면 하는 바람이다. 우리의 자녀들과 더 많은 시간을 보내며, 많은 대화를 나누어보자. 그렇게 함으로써 그들의 꿈을 발견해줄 수 있다. 나는 진정한 나를 만나기까지 너무나도 긴 시간이 걸렸다. 지금처럼 늦은 나이에 깨닫는 것보다는, 더 많은 기회를 통해 꿈을 향해 나아갈 수 있게 해주자.

글쓰기를 하면 참 이점이 많다는 걸 알게 될 것이다. 글을 쓰면서 생각을 정리할 수 있고, 내 안에 있는 감정들을 표현할 수 있게 된다. 이로써 정확한 나의 감정을 알아가게 되는 것이다. 더불어 글을 쓰면서, 자기 경험과 고민을 돌아보는 과정을 통해 나만의 능력을 더욱 발전시켜나갈 수 있다. 우리는 글을 쓰는 과정을 통해 자아실현을 할 수 있고, 자신감과 성취감을 얻을 수 있게 된다. 따라서 글쓰기는 나를 만나게 되는 가장 효과적인 방법이라 할 수 있다. 자기 자신을 만나길 원한다면 글쓰기를 하자.

글쓰기는 진정한 나를 만나게 하는 도구다.

글쓰기는 정년퇴직이 없다

'정년퇴직'이라는 단어를 접하면, 어떤 생각이 떠오르는가?

대부분은 은퇴 후에 할 일이 없어서 하루하루 무의미하게 보내는 노인의 모습을 떠올리게 될 것이다. 그러나 지금은 정년퇴직 후에도 아무 일도 하지 않고 집에서 보내는 것은 과거의 이야기가 되어버렸다. 예전에는 평균수명이 짧아서 은퇴 후 소일거리 없이 지내도 괜찮았을지 모른다. 그러나 지금은 수명이 길어졌기 때문에 은퇴 후, 무슨 일이라도 해야 한다. 정년퇴직 후 소일거리 없이 지내기에는 남은 인생이 너무 길다.

"열정을 상실한 사람은 노인과 같다"라는 시인 헨리 데이비드

소로(Henry David Thoreau)의 명언처럼, 우리는 나이를 먹어도 끊임없이 공부하고 배워야만 한다. 나이를 먹었다는 것은 어쩌면 자녀들에 대한 책임에서 벗어났기 때문에, 새로운 것을 배울 기회가 될 수도 있다는 뜻이기도 하다. 평균수명이 길어진 지금, 몸과 마음은 예전과는 다를지라도 마음만은 청춘이다. 자신만의 장점을 살려서 새로운 일에 도전한다면, 더욱 열정적인 삶을 보내게 될 것이다. 남들은 모두 배우는 시대에 혼자만 배우지 않는다면 시대에 뒤떨어진 사람이 될 가능성이 있다.

며칠 전에 문자 하나가 와 있었다. 중년 일자리 박람회를 위한 사전 신청 이벤트를 진행 중이라는 안내였다. 이 이벤트는 구인 기업과 일자리를 희망하는 사람들을 연결해주는 중간 역할을 하기 위한 것으로 보였다. 그만큼 중년 일자리에 대한 수요와 공급이 많다는 소리다. 또한 각 지역에서 운영되는 '50플러스센터'에서도 안내 문자가 자주 오는 편이다. '50플러스센터'는 4060 중장년들을 위한 생애 설계와 직업 교육 훈련 및 일자리 지원 정보를 제공해주는 곳이다. 예전에는 문자가 와도 큰 관심을 두지 않았었다. 그러나 이번에는 홈페이지를 들어가 보았다. 결국 먹고사는 문제가 중요한 것이다. 수명이 더욱 길어졌기 때문에, 먹고살아야 하는 문제가 해결되어야 한다. 그러지 않으면 기나긴 인생을 살아갈 수 없다. 하지만 어차피 이러한 일들은 나의 노동력을 요구하는 일들이다. 따라서 체력이 떨어지거나 나이를 먹으면 수행하기 어려울 수도 있다.

　나는 17년 동안 보험회사에서 근무하면서 사회복지사와 요양보호사 자격증을 취득했었다. 최근에는 장애인 활동 보호사 자격증까지 수료했다. 사회복지사와 요양보호사 자격증들은 보험회사를 그만둘 경우를 대비해서 준비해놓은 것들이었다. 그러나 그 당시에는 그 자격증이 나의 성향과 맞는지를 생각하지 않은 채 결정했다. 그냥 자격증 하나 취득하면 되겠다고 생각했다. 나는 그 자격증을 취득하기 위해 돈과 시간과 에너지를 쏟아부어야 했다. 그 당시에는 왜 그리 자격증에 목매었는지 모르겠다. 아마도 은퇴 준비를 하기 위해 많은 사람이 자격증을 취득하니까, 나 역시 그런 일반적인 생각을 따른 것이었는지도 모른다. 지금도 많은 사람은 자격증을 취득하기 위해 시간과 노력을 투자하며, 힘겨운 시간을 보내고 있을 것이다.

　하지만 은퇴 후에는 자신이 하고 싶었던 일을 찾아야 한다. 은퇴 이후까지 생계를 책임지기 위해 하기 싫은 일을 선택하면 안 된다. 나이를 먹으면 체력이 약해지기 때문에 노동력을 제공하지 않아도 되는 일을 선택해야 한다. 나는 직장을 그만두고, 집에서 글쓰기와 독서에만 전념했다. 가끔 예전 고객들이나 보험회사 동료들이 내가 어떤 일을 하는지 궁금해했다. 일하지 않고, 계속 집에서 시간을 보낸다고 하니, 매우 부러워하는 것 같았다. 글쓰기와 독서는 외부에서 보이는 일이 아니다. 그래서 아직 아무것도 보여줄 만한 게 없다 보니, 그냥 집에서 쉬고 있다는 말만 했다. 그러나 나는 그냥 집에서 쉬고 있는 게 아니었다. 끊임없이 글쓰기와 독서를 하며 나의 성장을 위해 자기계발을 하고 있었다.

'50플러스센터' 홈페이지를 방문해보았다. 일자리에 대한 정보뿐만 아니라, 새로운 직업교육에 대한 수강 신청도 확인할 수 있었다. 자신이 관심이 가는 분야에 대해서 모르는 게 있다면 열심히 찾아서 배워야 할 것이다. 그러나 그런 것들은 내가 원하는 게 아니었다. 그러다 홈페이지를 좀 더 자세히 살펴보던 중, '저자와의 대화'라는 독서포럼을 발견하게 되었다.

'그래 맞아! 나도 작가가 되어 이런 곳에서 강의하는 사람이 되어야겠다. 왜 그전에는 항상 누군가의 강의를 들으려고만 했을까? 언제까지 다른 사람의 이야기만 계속 듣고 있어야 하는 것일까?'

내 나이 이제 60살이다. 더 이상 새로운 것을 배우려고 할 때가 아니다. 내 안에 있는 경험을 부지런히 다른 사람들에게 전달해줄 수 있어야 한다. 인생 60년을 살았는데, 다른 사람에게 공유할 만한 것들이 왜 없겠는가? 예전에는 유명한 교수가 되거나 유명한 작가가 되지 않으면 그런 자리에 나설 수 없다고 생각했다. 그러나 이젠 아니다. 책 몇 권을 써도 될 만큼 나도 나의 인생을 열심히 살아왔다. 얼마든지 다른 사람들에게 도움이 될 만한 이야기를 할 수 있을 것이다. 스스로 너무 과소평가하지 말자. 언제까지 계속 배우기만 해서는 안 될 것이다.

나는 앞에서 이야기한 것과 같이 '앞으로 꿈꾸는 나의 모습'이라는 제목으로 글을 응모한 적이 있었다. 그 글은 은퇴 후의 모습에 대한 것이었다. 앞으로 꿈꾸는 나의 모습은 다양한 플랫폼을 통해 고정적인 수입이 들어오게 하는 일이다. 그중의 하나인 책 쓰기는 이미 이루어졌고, 블로그와 인스타그램도 운영하고 있다. 유튜브도 곧 시도할 생각이다. 나는 다양한 플랫폼을 통해 시스템을 구축하려고 한다. 직장에 다니는 이유는 매월 고정 수입이 들어오기 때문이다. 따라서 생계에 대해 걱정하지 않고 안정적인 생활이 가능하다는 점에서 매력적인 부분이다. 그러나 월급만 믿고 안심하기는 어렵다. 갑작스럽게 회사에서 그만두라는 말을 들을 수도 있기 때문이다. 그렇게 될 경우, 고정 수입이 사라지는 상황이 발생한다. 예전에는 정년퇴직 때까지 한 회사에서 일하는 사람들이 많았다. 그러나 이제는 시대가 달라졌다.

나의 작은아들만 해도 지금 두 번째 직장을 다니고 있다. 나는 한 회사만 다니는 것을 당연하게 생각했었는데, 요즘 젊은 사람들은 생각이 다른 것 같다.

작은아들이 직장을 이직하면서, 두 달 동안 블로그 활동을 하지 못했다. 새로운 직장에 적응해야 했기 때문이다. 작은아들은 블로그와 관련해서 고민이 생겼다. 그때 나는 작은아들에게 말했다.

"무엇이든 시도하지 않으면, 결과는 아무도 모르는 법이야. 설령 실패하더라도, 경험은 너의 자산이 될 거야."

실패가 꼭 나쁜 것만은 아니라는 생각이다. 책을 써보면서 내 인생의 한 부분을 아름답게 장식하는 소중한 것이 될 수 있다는 생각이 들었다. 자녀를 다 키우고 독립시킨 사람과 젊은 세대 중 누가 더 미래에 대한 고민이 클까? 우리 세대는 자녀를 책임지는 일은 끝났다. 그러나 우리 아들 세대는 이제부터 자녀를 낳아 키워야 하는 책임이 있다. 나는 책을 쓰며, 30대인 두 아들이 무엇이든 할 수 있으리라는 생각이 들었다. 하지만 앞으로 자녀를 키우면서 가정을 책임져야 할 두 아들에게는 그 말이 위로가 될지 모르겠다.

저녁에 잠깐 산책하러 나갔다. 날이 어두워지면서 벤치에는 사람이 하나도 없었다. 그 풍경을 보고 있으니 마치 노후에 외롭고 쓸쓸하게 앉아 있는 모습이 연상되었다. 노후에 외롭지 않고 즐거운 생활을 원한다면, 정년이 없는 글쓰기를 해야 한다. 글쓰기에 정년퇴직이 없는 이유는 무엇일까? 많은 사람이 정년퇴직 후에 취미 활동을 하려고 한다. 악기나 그림을 배우기도 한다. 글쓰기는 나이와 상관없이 누구나 마음만 먹으면 가능한 활동이다. 또한 악기를 연주하거나 그림을 그리는 것처럼 수입을 창출할 수 있는 취미활동 중 하나다.

만약 나이와 상관이 있었다면, 나는 글쓰기를 시작하지도 못했을 것이다. 직장은 아무리 다니고 싶어도 정년퇴직하면 더 이상 다닐 수가 없게 된다. 그러나 글쓰기는 내 의지만 있고, 키보드를 두드릴 수 있는 건강한 몸만 가지고 있으면, 가능한 일이다. 올해 96세인 김두엽 할머니는 《그림 그리는 할머니 김두엽입니다》라는 그림 에세이를 출간했다. 그 책 안에는 할머니의 인생 이야기와 그림이 담겨 있다. 이 할머니도 80대의 늦은 나이에 그림을 그리기 시작했다고 한다. 글쓰기 역시 이제는 정년퇴직이 없는 직업으로 자리를 잡아가게 될 것이다.

정년퇴직이 없는 일을 원한다면, 지금부터라도 당장 글쓰기를 시작해보자. 글쓰기는 꾸준히 하면 할수록 실력이 향상된다. 글쓰기를 하다가 중간에 멈추면 제자리걸음이다. 나는 글쓰기를 하면서 책을 쓰게 되었다. 글은 집에서도 얼마든지 쓸 수 있고, 시간과 공간의 제약을 받지 않는다는 장점이 있다. 글쓰기를 잘하면 정년퇴직 후에도 계속해서 성장해나갈 수 있다. 자신만의 경험을 살려 꾸준히 블로그에 글을 올려보자. 더 나아가 인플루언서가 되어 수입을 창출하게 될 수도 있다. 또한 책을 출판할 기회도 얻게 된다. 책을 출판하면 그것으로만 끝나지 않고 더 많은 기회가 생겨난다. 결국 경제적인 자유로 이어지는 것이다. 글쓰기는 정년퇴직이 없는 활동이다.

삶을 기록하면 하나의 작품이 된다

　나는 일기를 통해, 그리고 블로그를 통해 나의 삶을 기록해놓았다. 평범한 일상뿐만 아니라 여행과 같은 특별한 경험들도 모두 담아놓았다. 지나간 경험들이 떠오를 때마다 기록으로 남겨놓았는데, 이러한 기록은 하나의 작품을 만드는 토대가 되었다. 따지고 보면 우리의 삶 자체가 하나의 종합예술이다. '내가 만약 오래전에 써놓은 일기가 그대로 있었다면 얼마나 좋았을까?' 하는 생각이 든다. 그 안에는 나의 성장 과정과 생각들이 담겨 있을 텐데, 아쉽기만 하다. 하지만 이제부터라도 기록해둔다면, 그것들이 모여서 나의 인생을 담은 하나의 작품이 될 것이다.

　운전 초보 시절의 일이다. 회사에서 운전하며 집으로 오는데 갑자기 배가 아파 고통스러웠던 적이 있었다. 초보 운전 시절이라 운전하다가 차를 마땅히 세워둘 곳을 찾지 못했다. 나는 무조건 빨리 집으로 가야 한다는 생각밖에 없었다. 그때의 경험을 나는 일기에 '당신에게'라는 제목으로 써놓았다.

> 어제 당신은 정말 대단했습니다. 아이를 분만하는 산모처럼 아픈 배를 움켜쥐고, 긴 시간을 그렇게 달려왔으니까요. 집에 도착할 때까지 참아야 한다는 생각뿐이었습니다. 그런 강인한 힘은 어디서 오는 것일까요? 운전하며 오는 동안에 굉장히 아팠음에도 당신은 그 고통을 잘도 참아냈습니다. 극심한 통증이 주기적으로 찾아오는데도, 당신은 이곳까지 온 것입니다. 비명을 지를지언정 그렇게까지 해서라도 목적지에 도착했습니다. 곧 출산하는 산모처럼 참았던 진통이 배로 커졌습니다. 극심한 고통과의 싸움을 다시 해야만 했습니다. 그렇게 당신은 혼자 외로이 참아낼 수밖에 없었습니다. 혼자 고통을 치르고 나서야 당신은 편안함을 느낄 수 있었습니다.

지금 다시 봐도 그때의 고통이 어느 정도였을지 가히 짐작이 간다. 나의 고통스러운 마음이 너무나도 잘 나타나 있기 때문이다. 얼마나 힘들었을까? 일기에 기록해놓을 만큼 잊고 싶지 않았다. 일기를 쓰면 시간이 흐른 뒤에도 그때의 감정이 느껴진다.

그리고 좀 더 섬세하게 담아내고픈 마음이 생기게 된다.

다음은 큰아들이 결혼하기 전에 며느리와 살림을 합치기 전, 심란했던 마음들을 한번 담아본 글이다.

큰아들이 결혼하게 되면 당연히 분가하게 될 것이다. 그래서 미리 마음의 준비를 하기로 마음먹었다. 하지만 의외로 빨리 아들이 우리의 삶에서 떠나가게 될 것 같다. 그것을 생각하니 더 마음이 허전해진다. 큰아들이 하는 일이 영업이다 보니 집에서 출퇴근하려면 이동 거리도 만만치 않다. 그래서 직장과의 거리를 생각해서 결혼할 며느리와 미리 합쳤으면 하는 것 같았다. 그런데 부모가 마음에 걸려 고민하는 듯했다. 나는 큰아들에게 출퇴근 때문이라면, 그렇게 하라고 담담하게 말했다. '그래, 조금 일찍 독립하는 것으로 생각하자.' 그리고 큰아들이 출근한 뒤 아들 방을 들어가 보았다. 기분이 이상했다. 곧 따로 나가 살 것이라 생각하니 아무 일도 손에 잡히지 않았다. 아들이 전쟁터로 가는 것도 아닌데 왜 이러는 것일까? 부대에 입대할 때도 이러지는 않았다.
마음을 조금 진정시킨 후, 아들에게 카카오톡 메시지를 보냈다.

"점심은 먹었니? 우리 아들이 심성이 너무 착하다 보니 몸이 피곤하면서도 계속 고민하고 있었구나! 우리를 생각해서 얼른 결정하지 못했던 것 같아 아주 미안하구나! 어차피 6월에는 떠나야 하니까 조금 일찍 우리 곁을 떠났다고 생각하마. 우리는 받아들일 준비가 되어 있단다. 그러니 너무 걱정하지 말아라. 그러나 우리도 마음의 준비를 해야 한단다. 설명절은 지내고 나서 옮기는 게 어떨까? 네가 어제 그 이야기를 하고 난 뒤 오늘 네 방을 들어가 보았단다. 그런데 그렇게 마음이 허전할 수가 없더구나. 아빠도 말씀은 안 하시지만, 아주 허전해하실 거야. 너는 아들이면서 친구였으니 당연하겠지. 아직 너의 생각만 말한 것뿐인데, 엄마가 너무 앞서서 생각하는 것일까? 우리가 너를 정말 많이 의지하긴 했나 보다. 그것이 네게 얼마나 부담이 되었는지 엄마는 잘 알고 있단다. 네가 떠나가는 것은 기정사실이고 어쩔 수 없는 일이야. 이제 우리로 인한 네 마음의 부담이 줄어들어 정말 다행이란다. 이제 새로이 가정을 꾸려나가게 될 우리 아들에게 응원을 보낸다. 사랑해. 우리 아들!"

한참 후에 아들한테 답장이 왔다. 아들도 내 편지를 받고 코끝이 찡했나 보다.

"점심 먹었어요. 왠지 저도 엄마가 다시 와서 이야기할 때 그러신 것 같아서 짐작은 했어요. 저도 엄마하고 아빠한테 그렇게 잘한 것 같지 않아 죄송한 마음입니다. 저도 말 꺼내기가 어려웠는데 막상 말씀드리고 나니 걱정 반, 후련함 반인 것 같아요. 큰아들인데 돈 많이 벌어서 같은 건물에 살고 싶고, 여행도 보내드리고 효도도 많이 하고 싶었어요. 그런데 막상 집에 오면 엄마라는 버팀목에 의지해서 집에서 제 할 일만 하고 많이 도와드리지도 못한 것 같아, 죄송해요. 독립하는 것은 저도 명절 지나고 나서 나갈 생각이었어요. 정연이도 집 정리를 해야 하고, 저도 그렇게 생각하고 있어요. 따로 나가 살더라도 엄마, 아빠, 그리고 장모님한테도 효도하는 장남이 될게요. 너무 걱정하지 마세요. 오늘은 집에 일찍 들어갈 것 같아요. 집에서 봬요."

지금은 아무렇지 않지만, 그때는 정말 큰아들과 따로 살아야 하는 것이 너무 힘들게 느껴졌다. 내가 만약 그때의 일을 지금 쓴다면 이런 글을 쓸 수 있을까? 벌써 감정이 그때와 다르기 때문에 절대로 그때의 마음을 잘 담아낼 수 없을 것이다.

2022년에 작은아들 내외가 특별한 여행을 계획했다. 사부인과 나를 데리고 싱가포르에 다녀오기로 한 것이다. 사부인과의 여행은 상상도 못 한 일이었지만, 나이도 비슷하고, 신앙도 같아서 자연스럽게 잘 다녀올 수 있었다. 작은아들과 작은며느리는 양쪽 어머니들과의 여행을 위해 깜찍하고 귀여운 계획을 세웠다. 기회는 항상 있는 것이 아니다. 우리는 음식을 마음껏 먹고 쇼핑도 많이 했다. 작은아들 내외는 사부인과 나를 위해 굉장히 많은 것을 준비한 것 같았다.

다음은 여행 일정이 다 끝나갈 무렵, 근처 차이나타운에서 마사지 받았을 때의 내용을 옮겨 적은 것이다.

작은며느리는 항공 승무원이다. 작은며느리가 비행 후 싱가포르에서 가끔 들리는 마사지 샵을 오게 되었다. 작은며느리는 비행이 있을 때마다 기내에서 몇 시간씩 서 있어야 하기에, 마사지를 통해 발의 피로를 푸는 것 같다. 세상에 쉬운 직업은 하나도 없나 보다. '얼마나 발이 피곤할까?'

우리가 들어간 마사지 샵에는 마침 아무도 없었다. 비어 있는 의자에 앉아 마사지를 받았다. 1시간에 25불이라고 한다. 마사지를 해주는 사람들은 연령층도 다양했고, 남녀노소 다 이 일을 하는 것 같았다. 나를 마사지해주는 사람이 가장 성실하게 해주는 듯했다. 나머지는 다 건성으로 하는 것처럼 보였다. 아마도 한 번 보고 마는 관계라서 그런 것 같다. 그러니 나는 운이 좋은 셈이다.

며느리가 발 마사지 받을 때는 조용했는데, 어깨 마사지를 받을 때는 무척 괴로워했다. 뭉친 근육을 풀어주기 때문에 일시적으로 통증을 느꼈나 보다. 그런데 이번에는 갑자기 아들의 자지러지는 소리가 들려왔다. 나는 걱정이 되어 아들을 바라보았다. 우리 때와 달리 요즘은 젊은 애들도 평상시에 몸을 많이 혹사시켜 몸이 안 아픈 데가 없는 것 같다. 다행히 시간이 지나면서 아들의 비명도 잠잠해졌다. 정해진 시간이 되자 우리는 마사지 샵을 나왔다. 밖에는 빗방울이 떨어지고 있었다.

여행을 다니면서 사진만 찍으면 시간이 흐른 뒤, 어디인지 기억이 나지 않는 경우도 많다. 그러나 '블로그'라는 공간에 기록하니 장소를 정확히 알 수 있다는 게 너무 좋았다. 그 글들을 볼 때마다 그때의 추억을 고스란히 떠올릴 수 있게 된다. 여행을 전문으로 하는 사람들의 블로그만 봐도 블로그에 기록해놓은 글들은 앨범에 꽂아놓은 사진처럼 느껴진다.

상황에 따라 삶을 표현하는 방법은 참 다양하다. 그때그때 느껴지는 마음도 다 다르기 때문이다. 다양한 내용의 삶을 기록하면 그것만으로도 아름다운 추억이 된다. 날마다 바뀌는 감정의 굴곡은 나 자신도 알 수 없다. 하지만 글로 기록해놓으면 언제 다시 그 속으로 들어가도 그 마음을 고스란히 느낄 수 있게 된다. 감정과 사실은 확연히 다르다. 역사적 사실은 시간이 흐르더라도 알 수 있지만, 그때의 감정은 알 수 없기 때문이다. 이제부터라도 글쓰기로 우리의 삶을 아름답게 만들어보자. 삶을 기록하면 하나의 작품이 된다. 당신의 삶은 고귀한 것이다.

글쓰기는 자기 완성의 수단이다

'글쓰기를 통해 자신을 계속 발전시키고, 이해하며, 성장시켜 나갈 수 있을까?'

나는 글쓰기가 더딜 때마다 늘 이런 생각을 하곤 했다. 누구나 글쓰기를 통해 자신의 감정이나 생각 등을 잘 표현할 수 있다. 처음 엔 어렵겠지만 자꾸 쓰다 보면 글솜씨가 점점 나아지기 때문이다.

2022년 어느 날에 쓴 일기다.

매일 해야 하는 일들이 귀찮아질 때는 잠시 쉬어야 한다.
누구나 살다 보면 매일 해야 하는 일들이 하기 싫어질 때도 있고, 귀찮아질 때도 있기 마련이다. 밥을 해서 먹는 것도, 설거지하는 것도, 청소하는 것도 하기 싫고 그냥 쉬고 싶어지는 것이다. 나는 밖에서 약속이 없을 때는 당연히 세끼 식사를 다 집에서 해결하고 있는 편이다. 그런 나도 몇십 년을 반복적으로 해온 이 일에서 벗어나고 싶을 때가 있다. 남편과 집에 있을 때 무엇을 해서 먹어야 할지 잘 모를 때마다 나는 남편에게 물어보곤 한다. "오늘 뭐 해서 먹을까?" 그러나 돌아오는 대답은 "아무거나!"였다. 도대체 '아무거나!'라는 음식이 있다고 생각하고 그렇게 말하는 것일까? 본인이 음식을 하는 사람이 아니다 보니 그렇게 말하는 것이다. 끼니마다 어떤 메뉴를 해야 할지 고민하는 주부의 마음을 알 리가 없다. 이것은 정말 쉬운 것 같으면서도 어려운 일이다. 문제는 그렇게 오랜 기간 해온 이 일을 매번 고민하고 있다는 것이다.

언젠가 한 번 남편이 내 생일에 음식을 차려준 일이 있었다. 아이들이 아주 어렸을 때였다. 그때 남편은 음식을 하느라 파김치가 되었다. 퇴근하고 집에 오니 대자(大字)로 누워 있었다. 나는 그 모습에 너무 웃음이 나왔다. 평상시에 하던 일이 아니니, 그럴 수밖에 없었을 것이다. 그 이후로는 절대로 안 한다고 한다. 해주기 싫어서가 아니라, 못하기 때문일 것이다. 하긴 못하는 일을 해주는 일도 쉬운 일은 아닐 것이다. 어쩌다 하는 사람도 안 하려고 하는 이 일을 가정주부들은 날마다 하고 있다. 가끔은 이 일에서 벗어나고 싶다.

요즘 젊은 사람들은 밥을 햇반으로 대신하거나 배달을 시켜 먹는다고 한다. 물론 설거지는 식기세척기에게 맡기고 청소는 청소기가 해준다. 좀 더 여유가 있는 집이라면, 가사 도우미를 쓰기도 할 것이다. 그러나 나는 내 집안일은 내가 하는 게 편하다. 여유가 있어서 사람을 고용할 능력이 된다 해도 내가 하려고 할 것이다. 하지만 가끔 정말로 하기 싫은 그런 날만이라도 누가 해주었으면 싶을 때가 있다.

매일 해야 하는 일들이 귀찮아질 때는 잠시 쉬어가자. 재충전하고 나면 다시 열심히 하게 될 것이다.

나는 매일 하는 가사가 어느 날 너무 귀찮다는 생각이 들었다. 탈출하고 싶기도 했다. 남편이 생일상을 차려준 기억을 떠올리며, 현재의 나의 상황과 비교해보았다. 나는 글쓰기를 통해 매일 해야 하는 일들에 대한 솔직한 감정과 그 일들에서 벗어나고 싶은 욕구를 나름대로 표현해보았다. 나는 일상생활을 하면서 이렇게 매일 하는 일로 많이 지쳐 있었던 것이다. 그래서 이런 마음을 일기에 표현한 것이다.

아래의 일기는 큰아들과 작은 아들을 생각하며 써놓았던 일기다.

　나에게 큰아들과 작은아들은 서로 다른 모습으로 다가온
다. 작은아들은 어려서부터 외국으로 배낭여행을 혼자 다니
면서, 독립심도 강한 편이다. 또한 냉정하고 정확하고 사리
분별력도 뛰어난 편이다. 그러나 늘 떨어져 살았기 때문에
작은아들과 애틋한 정을 나누지는 못했다. 작은아들은 철이
들면서 집에 오면 설거지도 해주며, 자식 노릇을 톡톡히 하
고 있다. 중간에 신앙 공백기가 있었지만, 결혼하면서 다시
신앙생활을 잘하고 있다. 이젠 걱정을 안 해도 될 듯하다.

　반면에 큰아들은 나에게 애틋함이 있다. 모든 사람에게 친
절하며, 다른 사람의 부탁을 거절하지 못하는 성격이다. 그
러다 보니 직장생활은 큰아들에게 너무 많은 부분을 차지하
고 있다. 그래서 신앙생활을 온전히 하기도 어려운 상황이
다. 큰아들은 병역 문제로 집을 떠나 있을 때 외에는 한 번도
부모와 떨어져 지낸 적이 없다. 그래서인지 부모를 항상 생
각하고, 걱정하는 편이다. 동생이 자유롭게 배낭여행을 다
닐 때도 부러웠을 법도 한데, 아직 한 번도 외국에 나가본 적

이 없으면서도, 불평 한 번 안 했다. 결혼을 앞두고 이제 어쩔 수 없이 부모와 떨어져 살 것을 생각하니 벌써 마음이 쓰이는 모양이다. 큰아들이 그렇게 하는 데는 우리 가족만의 끈끈함이 있기 때문이 아니었나 싶다. 인생의 어려움을 같이 겪어서였을까? 우리 가족은 많은 실패와 좌절을 통해 하나님을 알게 되었다. 우리 가족은 참으로 우여곡절이 많았지만, 그때마다 늘 함께했었다.

남편이 해외에 있을 때도 큰아들은 내 옆에서 버팀목이 되어주었다. 그때 큰아들은 인생의 가장 중요한 시기인 고등학생이었다. 자신도 진로 문제 때문에 얼마나 고민이 많고, 힘들었을까? 그런데도 엄마가 힘들 것으로 생각하고, 그 고민을 말도 못 하고 혼자 끙끙 앓았다. 나는 아들의 고민을 들어줄 만큼 삶의 무게가 녹록지 않았다. 아들을 살필 여유가 내게는 없었다. 그때 우리 가족은 더 이상 갈 곳이 없어서, 친정집에 잠시 들어가 살아야 했다. 그때 덩치가 큰 아이들은 좁은 방에서 둘이 엉켜 지내야 했다. 그러나 짜증 한 번 부리지 않았다. 큰아들은 작은아들보다 성격이 독하지도 못했다. 재수하면서 혼자 공부하는 게 힘들어지자, 처음으로 기숙학원을 보내달라는 말을 했다. 그런데도 나는 형편 때문에 보내주지 못했다. 어쩌면 큰아들은 기숙학원에서 공부하는 방식이 맞았을지도 모른다.

나는 이 글에서 큰아들과 작은아들에 대한 솔직한 나의 마음을 표현했다. 또한 부모로서 느껴야 했던 안타까움 뿐만 아니라, 고민까지 솔직하게 털어놓았다. 나의 내면의 모습이 잘 드러나 있는 것 같다. 이 글 역시 공개된 공간에 올려놓는다면 다른 사람의 공감과 위로를 받을 수 있는 글이지 않을까 생각한다.

어느 날, 작은며느리가 비행에서 돌아오자마자 전화를 했다. 그 내용을 일기에 적어본 것이다.

아침에 작은며느리한테 전화가 왔다. 비행을 마치고 집에 들어가는 길에 전화했다는 것이다. 어제 내 책이 출판 계약이 성사되었다고 하니, 직접 축하해주고 싶었다고 한다.

작은며느리는 아기를 빨리 갖고 싶어 하는데, 아직 아기가 없다. 그 마음이 나에게도 전해질 만큼 간절하게 느껴졌다. 지금 작은며느리의 모습을 보면서, 작은아들이 태어나고, 3개월이 지났을 때의 일이 떠올랐다. 당시 큰아들과 작은아들은 22개월의 나이 차이가 있었다. 그런데 또다시 임신 소식을 들은 것이다. 나는 그때 아이를 또 낳는다면, 어떻게 감당

할지 자신이 없었다. 아들 둘을 키우는 것도 너무 버거웠기 때문이다. 지금처럼 남자들이 육아휴직을 할 수 있는 제도가 마련되어 있는 것도 아니었다. 남편은 늘 늦은 시간에 퇴근했다. 연년생인 아들이 있는 상태에서 임신은 반가운 소식이 아니었다.

지금은 결혼을 늦게 하는 추세지만, 나는 25세의 어린 나이에 결혼했다. 지금 생각하니 어떻게 아이들을 키웠는지 그 자체만으로도 기적이었다. 경제적으로 넉넉하지 않았기에 임신 소식은 더 걱정이었다. 그러다 보니 셋째를 키운다는 것은 상상도 할 수 없는 일이었다. 고민하다가 결국 친정어머니와 함께 인공 중절 수술을 받으러 갔다. 그때만 해도 그 행동이 얼마나 큰 죄인지 전혀 생각하지 못했다. 나중에 TV에서 인공 중절 수술 모습을 보면서, 엉엉 울었던 기억이 난다. 아기를 갖고 싶어 하는 작은며느리의 모습을 보면서, 다시금 그때의 일이 떠올랐다.

작은며느리는 이렇게 아기를 갖고 싶어 하는데, 나는 하나님이 주신 생명을 인위적으로 지워버렸다. 잊었다고 생각했지만, 내 기억 속에서 그 미안함과 죄책감이 남아 있었나 보다. 30년이 지난 지금까지도 나는 여전히 그 기억과 함께 살고 있었다. 나는 완전히 잊은 게 아니었다. 만일 그 아기를 지우지 않았다면, 그 아기는 어떤 성별을 가지고 태어났을까? 딸이든 아들이든 생명은 소중한 것이다. 작은며느리가 원하는 아기가 빨리 태어나서, 나의 이 미안한 감정들을 털어버렸으면 좋겠다.

나는 이 글에서 나의 마음속에 남아 있는 미안함과 죄책감, 그리고 며느리의 아이를 갖고 싶어 하는 마음에 대한 솔직한 이야기를 적어보았다. 어쩌면 아이를 갖고 싶어 하는 며느리를 보면서 하나님이 주신 귀한 생명을 지운 것에 대한 그 시절의 후회와 죄책감이 더욱 생각이 났는지도 모른다. 아무리 오래전의 일이라도 기억은 잊혀지지 않는 법이다. 잊은 줄 알았는데 글을 씀으로써 그 미안함과 죄책감을 떠올리게 된 것이다.

누구나 글쓰기를 통해 자신의 감정이나 생각을 표현할 수 있다. 글쓰기는 현재의 솔직한 감정을 표현하고, 내 안에 있는 욕망과 욕구를 표현하는 좋은 수단이다. 이를 통해 내면의 모습을 더욱 확실히 알아갈 수 있기 때문이다. 글쓰기는 과거의 기억을 통해 잊고 있었던 감정들을 다시금 떠올리게 하고, 자기 내면의 모습을 되돌아보게 한다. 또한, 지속적으로 연습함으로써 자신의 글쓰기 능력을 더욱 향상시킬 수 있다. 그리고 블로그와 같은 공개된 공간에 글을 올림으로써, 이를 통해 다른 사람들의 공감과 응원을 받으며 발전해나갈 수 있다. 지금부터라도 용기를 내어 글쓰기에 도전해보자. 글쓰기는 자기 완성을 이루기 위한 수단이 된다.

4장

나는 글쓰기로
진정한 나를
만났다

글쓰기로 비로소 나를 찾았다

'나는 무엇을 잘할 수 있을까?'

나는 내 꿈에 대해 항상 궁금했다. 그래서 보험회사에서 성과가 부진할 때마다 가끔 어머니, 남편, 그리고 아이들에게 내가 무엇을 잘하는지 물어보았던 기억이 난다. 그러나 아무도 내가 무엇을 잘하는지 대답해주지 못했다. 지금 생각해보면, 나 자신도 모르는 나의 장점을 그들이 알 리가 없다. 그런데도 나의 장점을 알려달라고 했으니, 가족들은 얼마나 답답했을까?

나는 내가 어떤 일을 잘하는지 늘 관심이 많았고, 항상 나의 꿈을 찾고자 노력해왔다. 나이가 들어도 나의 꿈이 무엇인지 모른다는 것은 조금 아쉬운 일이긴 하다. 그래도 끝까지 포기하지 않고 꿈을 찾아 나아가는 모습은 높이 살 만한 일이라 생각한다. 아마도 어려서부터 꿈이 확실하지 않아 아버지의 결정에 따라 진로를 선택했던 쓰라린 경험이 한몫했던 것 같다. 이제는 더욱 강한 욕망으로 나의 꿈을 찾으려 한다. 그것만으로도 충분한 가치가 있다고 생각한다. 더 늦기 전에 나의 꿈을 발견하고 싶은 열망이 나를 여기까지 오게 만든 것은 아니었을까? 지금까지 헤매고 있었던 것만으로도 충분하다. 어쩌면 자신의 꿈을 발견하지도 못한 채 이 세상을 떠나는 사람도 있을 거라는 생각이 들었다. 그래서 더욱 서두르고 있는지도 모른다.

'그래, 나는 반드시 찾아내고 말 거야!'

이사를 오면서 지금은 작은 개척교회로 옮겼지만, 예전에는 강남에 있는 큰 교회를 다녔었다. 큰 교회다 보니 해외에서 귀한 목사님들이 많이 방문하셨고, 설교도 해주셨다. 그러나 외국인 목사님들이 많이 오시다 보니, 그 목사님의 말씀을 통역해주실 분이 필요했다. 마침 부목사님 중에 영어예배를 담당하시는 분이 계셨다. 목사님은 통역까지 완벽하게 소화해내셨다. 게다가 피아노 치시는 모습도 수준급이어서 부러웠다. 나는 그 목사님이 통역하시는 모습이 멋있어 보였다. 영어 실력이 부족해서 영어로 하는 설교는 알아들을 수 없었지만, 그 목사님의 열정만으로도 대단하다는 생각이 들었다. 외국인 목사님이 한마디, 한마디 하실 때마다 실시간으로 통역하시는 모습은 정말 부러웠다. 한 가지도 아니고, 두 가지를 완벽하게 해낼 수 있다는 것은 아무나 할 수 있는 일이 아니기 때문이다. 따라서 특별한 달란트가 없이는 불가능한 일이라는 생각이 들었다. 그러나 또 한편으로는 속상한 마음이 들기도 했다.

'나는 아무것도 못 하는데 목사님은 두 가지나 하시니 얼마나 좋을까?'
'왜 하나님은 나에게 달란트를 주지 않으셨을까?'

물론 설교를 들을 때마다 그런 생각을 한 것은 아니지만, 상대적으로 내가 달란트가 없다는 게 너무나 초라하게 느껴졌다.

사실 나에게는 피아노에 대한 아픈 기억이 있다. 국민학교 4학년쯤으로 기억한다. 그때만 해도 지금처럼 피아노를 배우는 친구들이 많지 않았던 때였다. 학교에서 집으로 돌아가는 길에 피아노 교실에서 들려오는 피아노 소리를 듣고, 나도 그렇게 피아노를 치고 싶다고 생각했다. 그런데도 어머니에게 배우고 싶다고 말씀을 드려본 적이 없었다. 아마도 우리 집 형편이 내가 피아노를 배울 만큼 부자가 아니라고 생각했기 때문인 것 같다. 어린 나이에 어떻게 그런 생각까지 했는지 알 수가 없다. 그래도 어머니에게 말씀을 드렸다면 배울 수도 있었을 것이다. 스스로 판단해버리고, 배울 기회를 놓쳐버린 것은 큰 실수였다. 물론 피아노를 배운다고 다 잘 풀리는 것은 아니겠지만, 어린 생각만으로 시작도 안 해본 것은 큰 잘못이었다.

시간이 지나서 어머니에게 그 이야기를 말씀드리자, 왜 그때 말하지 않았느냐고 하셨다. 어머니께서는 다른 것은 몰라도 배우는 것만큼은 양보해서는 안 된다고 말씀하셨다. '어머니는 얼마나 마음이 아프셨을까?' 생각하면, 괜히 말씀드린 것 같아 후회된다. 어렸을 때부터 조용한 성격이라, 있는 듯 없는 듯 그 자리에 있었다. 그리고 마음속에 있는 생각을 다른 사람에게 잘 표현하지 않았다. 하지만 그렇게 자신의 감정을 표현하지 않으면 자기 마음속을 아무도 알 수 없다.

나는 학교에 다닐 때 미술 시간을 너무 싫어했다. 흰 도화지에 무엇을 그려야 할지 너무 막막했기 때문이다. 그러다 보니 그 도화지가 너무 크게 느껴졌다. 그런 나와 달리 다른 친구들은 열심히 무언가를 그리고 있었다. 누구도 나의 답답한 마음을 알 리가 없었다. '도대체 무엇을 그려야 할까?' 그래서 미술 시간이 있는 날은 학교에 가기가 싫었다. 때로는 선생님이 아프셔서 결근하시면 좋겠다는 생각까지 했다. 선생님이 안 오시면, 다른 선생님이 오셔서 자습을 시켰기 때문이다. 그러나 나의 바람과 달리 선생님은 결근하는 일이 별로 없으셨다. 나는 어쩔 수 없이 도화지를 꺼내놓고 무언가를 그리는 척해야 했다. 그때부터 미술 시간은 1시간이 아니라 2시간, 아니 그 이상 더 길게만 느껴졌다. 다행히 선생님은 한자리에 머무르지 않고, 다른 친구들이 어떻게 그림을 그리는지 다니시며 보시는 듯했다. 나는 선생님이 제발 내 자리로 오지 않기를 간절히 바라고 또 바랐다. 그러니 그 시간이 얼마나 지루하고, 고역이었을까?

어렸을 때, 아버지께서는 여름휴가를 가는 사람들을 보면서 "집에서 편안히 앉아 TV를 보고 구경하면 그게 휴가지, 휴가가 별거냐!"라고 말씀하셨다. 그러면서 사람들이 왜 고생하며 구경하러 다니는지 이해할 수 없다고 하셨다. 아버지는 정말 그렇게 생각하셨던 것일까? 아니면, 우리 집이 휴가를 못 가는 형편이라, 혹시라도 내가 상처받을까 봐 그렇게 말씀하셨던 것일까?

그러던 어느 날, 뜬금없이 아버지는 나에게 '바캉스'라는 주제로 글을 써보라고 말씀하셨다. 사전에 의하면 '바캉스(Vacance)'란, '무엇으로부터 자유로워진다'라는 뜻의 라틴어로, '바카티오

(Vacatio)'에서 유래한 프랑스어라고 한다. 지금은 '휴가'라는 단어를 사용하지만, 그때만 해도 '바캉스'라는 단어를 많이 사용했다. 한 번도 놀러 가 본 적이 없는 나에게 아버지는 왜 '바캉스'라는 주제로 글을 쓰라고 하셨을까? 여름 방학이 끝나고, 개학하면 오랜만에 만난 친구들이 반가워하면서 서로 다녀온 곳을 자랑하기 시작했다. 그러나 나는 다녀온 곳이 없어서 자랑할 게 없었다. 바닷가를 다녀온 친구들은 햇볕에 오래 있지 않았는데도 여기저기 다 탔다며 피부가 타서 벗겨진 흔적들을 보여주었다.

그들은 걱정하는 것처럼 말했지만, 내게는 걱정이 아니라 자랑으로 들렸다. 나는 그렇게 말하는 친구들이 부러웠고 자존심이 상했지만, 친구들에게 들려줄 이야기가 없었다. 어린 마음이지만, 놀러 가지 못했다는 사실을 말하기가 부끄러웠다. 그러다 보니 아버지가 말씀하신 대로 '바캉스'에 대한 주제로 글을 쓸 수가 없었다. 아버지도 나중에는 잊으셨는지 더는 묻지 않으셨다. 그때는 아버지가 어려워서 쓰지 못하겠다는 말도 못 하고, 그 이유도 여쭈어보지 못했다. 그래서 아버지가 돌아가신 지 오래된 지금도, 아버지는 왜 그런 주제로 나에게 글을 쓰라고 하셨는지 이해할 수가 없다.

요즘은 글쓰기를 모니터 화면에 워드로 작성하는 경우가 많다. 그 때문에 글쓰기에 부담을 느낀다면, 그것도 두려움의 대상이 될 수 있을 것이다. 만약 어린 시절, 미술 시간에 느꼈던 그 막막함이 글쓰기를 하면서도 느껴진다면 어땠을까? 아마 나는 글쓰기를 시작조차 못 했을 것이다. 나는 혼자 집에 있어도 외롭지 않고, 심심하지도 않다. 글을 쓰고 있는 시간만큼은 나 혼자가 아니기 때문이다. TV에서 재미있는 드라마를 보지 않아도, 누군가와 대화하지 않아도, 나는 혼자라는 생각이 들지 않는다.

그렇게 알려고 해도 알지 못했던 그 꿈이, 이제 조금씩 보이기 시작했다. 이렇게 글을 쓰면서 나의 꿈이 무엇인지 어렴풋이 알아가게 된 것이다. 늦었지만, 지금이라도 꿈을 찾아서 얼마나 다행인지 모른다. 그리고 정말 감사하다. 로또에 당첨이 된 것보다 더 뿌듯하고 기쁜 마음이 든다. 이제 나는 나의 꿈인 글쓰기를 통해 남은 인생을 살아가려고 한다. 그 속에서 기쁨과 슬픔을 느끼며, 울고 웃으며 살아가게 될 것이다. 그동안 내 꿈이 무엇인지도 모르고 방황한 것은, 꿈을 찾기 위한 과정이라 생각한다. 내가 누구인지 앞으로 무엇을 해야 하는지, 인생의 쓴맛, 단맛을 다 글쓰기로 풀어내려 한다. 글쓰기를 통해 비로소 내 꿈을 찾았고, 나 자신을 찾았다.

글쓰기는 내가 살아가는 이유다

나는 17년 동안 보험설계사로 일해왔다. 그러나 보험설계사는 나의 적성에 맞지 않았다. 그래서 회사에 다니면서도, 늘 그만둘 기회를 찾고 있었다. 그런데 코로나로 인해 자가격리를 하게 되면서, 그만둘 기회를 자연스럽게 얻을 수 있었다. 직장을 그만둔 이후에는 다른 직장을 구하지 않고, 글쓰기와 독서를 하며 자기계발에 전념하고 있었다. 글쓰기는 주로 일기 형식으로 써나갔다. 그러다가 블로그를 알게 되면서, 블로그에도 글을 올리게 되었다. 사실 블로그에 글을 올리는 사람 중에는 나보다 글을 잘 쓰는 사람들이 훨씬 많았다. 그러나 그들은 책을 쓸 생각은 전혀 하지 않는 듯했다. 책 쓰는 일을 어려운 일로 여기다 보니 당연했을 것이다. 나 역시 글쓰기와 독서를 취미처럼 생각하며, 하루

하루를 보내던 중, 이런 생각을 하게 되었다.

'직장을 그만두고, 1년 동안 나는 과연 무엇을 한 것일까?'

나는 MKYU 유튜브 대학 학생으로서, 새벽 기상을 하며, 14일의 기적, 감사 일기 쓰기를 매일 반복해왔다. 그리고 책 읽기와 글쓰기를 하며, 나름대로 하루하루를 알차게 보내왔다. 그런데 아직 내세울 만한 게 하나도 없었다. 올해도 작년과 같은 삶을 살게 된다면, 나는 10년이 지난 후에도 여전히 똑같은 삶을 살아가게 될 것이다. '전자책이라도 만들어서 크몽(비즈니스 서비스를 중개하는 플랫폼 회사)에 책을 올려볼까?' 생각했다. 작은아들도 보험설계사를 하면서 알게 된 정보로 전자책을 만들어보라는 말을 자주 권했기 때문이다. 그러나 전자책을 만드는 일을 여전히 실천하지 못했다. 나의 계획을 일별, 주별, 월별 단위로 나누어보았다. 뭔가 긴장감을 주면서 마감 단위로 자르지 않으면, 실행이 안 될 것 같았다.

남편이 건강이 많이 안 좋아져서, 회사에 오래 머무르지 못하게 되었다. 갑자기 마음이 바쁘고 불안해졌다. 그러나 이러한 상황이 나에게 나쁜 것만은 아니라는 생각이 들었다. 나에게 기회가 될 수도 있을 것이다. 그동안 많이 쉬었으니, 이제는 속도를 내야겠다. 남편이 직장을 그만두게 되면 퇴직금과 고용보험 혜택은 보게 될 것이다. 그러나 6개월 정도의 생활비 외에는 마련할 수 없을 것 같다. 그런데 6개월이라는 짧은 기간에 무엇을 해야 할까? 아직 한 번도 세상 밖으로 드러내지 못한 내 글들을 가지고 할 수 있는 게 무엇일까? 6개월 안에 결과물을 내놓을 수 있을지는 장담할 수 없다. 하지만 해야만 하는 절박함이 있다면, 반드시 이루게 될 것이다. 무엇보다 작년에 결혼한 작은아들과 곧 결혼하게 될 큰아들에게도 아직은 부담을 주고 싶지 않다.

2022년 초에 조영석 님의 《이젠 책 쓰기다》라는 책을 읽은 적이 있다. 나는 그 책을 본 후로 책을 써야겠다는 결심이 확고해졌다. 그런데 읽으면 읽을수록 더욱 고민에 빠져들었다. '책 속에 어떤 콘텐츠를 담을 것인가?'에 대한 질문에는 명확한 답이 떠오르지 않았다. 그 책에서는 콘텐츠 찾기의 첫 번째 기준을 '내 주변에서 찾는 것', 두 번째 기준은 '당신이 관심을 두는 것에서 찾는 것'이라고 했다. 그리고 세 번째 기준은 '당신이 필요성을 느끼는 것에서 찾는 것'이라고 되어 있었다. 삶을 살아가면서 부족함을 느끼는 부분이 있다면, 바로 그것이 나의 '책 쓰기'의 콘텐츠라는 것이다. 그 책에서는 책을 쓰기 위해 3시간 정도 집중할 수 있는 시간을 내라고 언급했다. 시간이야 얼마든지 내어줄 수 있다. 그러나 어떤 콘텐츠로 글쓰기를 해야 할지가 미지수였다. 나는 계속 앞으로 나아가지 못하고, 마치 정지된 것만 같았다. 이런 경우를 미로에 갇혀 있다고 해야 할 것이다. 그런데 지금 생각해보니 책을 처음 쓰는 사람에게는 그런 말조차 쉽게 이해되지 않았던 것이다. 내가 만일 책을 읽은 후에 그 책의 저자를 바로 찾아갔다면 어떻게 되었을까? 과연 책을 쓸 수 있었을까? 그러고 보면 책 쓰는 일도 인연이 닿아야 한다.

이렇게 글쓰기와 독서를 병행하면서, 나는 책 쓰기에 더욱 관심이 깊어졌다. 그러다 보니 책 쓰기 관련된 책에 더 많은 관심을 두고 읽게 되었다. 그래서 도서관에서 빌려온 책 저자들의 블로그 주소를 찾아서 블로그 이웃이 되어 소통을 시도했다. 하지만 온라인으로 소통만 하는 것으로는 나의 책 쓰기에 대한 해답을 찾기 어려웠다. 지금 생각하니 결국 실행력의 문제였다. 계속 책만 보고, 온라인으로 소통만 하는 것으로는, 답을 찾기에는 어려움이 많았다.

그러나 시간이 흐르면서, 아무런 시도를 하지 않으면 어떠한 결과도 얻을 수 없다는 생각이 들었다. 무엇이든 행동해야 성공이든 실패든 할 텐데, 시도조차 하지 않으니 나는 계속 제자리에 머물 수밖에 없었다. 그러던 중 우연히 '한책협'의 유튜브를 보게 되었다. 하지만 여전히 유튜브만 보며, 실행에 옮기는 데까지는 시간이 걸렸다. 이번에도 나는 망설이고 고민하고 있었다. 이런 내 모습을 본 남편은, 내가 시작할 수 있도록 적극적으로 권유했다. 결국, 책 쓰기를 시작하게 되었다. 나로서는 일생일대의 도전이었다.

책 쓰기는 나와의 약속이기 때문에 한번 시작하면 빠르게 완성해야 한다는 책임을 느끼게 되었다. 그 결과, 더욱 열심히 쓰게 되었고, 더 큰 노력이 필요했다. 나는 책을 쓰면서, 그 어느 때보다도 나의 열정과 에너지를 가득 발휘할 수 있었다. 책을 쓰면서 각 목차에 대한 원고량이 완성될 때마다 그 감동은 이루 말할 수 없었다. 내가 완성한 A4 2장 반의 분량은 큰 성취감을 주었기 때문이다. 이러한 경험은 책을 써보지 않으면 절대로 느낄 수 없는 일이다. 일반적인 글쓰기와는 또 다른 것이었다. 책을 쓰기 위해서는 내 머릿속에 있는 모든 것들을 다 끄집어내야 할 만큼, 엄청난 열정과 에너지가 필요했다. 하지만 매일 A4 2장 반씩 쓰면서 나의 열정과 에너지가 책에 그대로 담겨 있는 것을 느낄 수 있었다.

책 쓰기를 하면서 매일 의자에 앉아 있는 시간이 점점 늘어났다. 블로그 챌린지 이후 이렇게 열과 성을 다해 글을 쓰려고 한 적이 없었던 것 같다. 책 쓰기를 하며, 필사도 같이 했다. 책을 쓰겠다는 열망, 그 열망이 있었기에 여기까지 오게 된 것이리라. 하지만 아무리 열망해도 길을 못 찾으면, 찾아나가는 데 시간만 낭비하게 되는 것이다. 특히나 20대도, 30대도 아닌 나에게는 더더욱 낭비할 만한 시간이 없다. 지금이라도 책을 쓰게 되어 감사한 마음이다. 나는 책을 쓰면서, 나를 돌아볼 수 있었다. 다만, 더 일찍 책을 쓸 생각을 못 했다는 것이 아쉬웠다. 그러나 더 일찍 책을 쓸 기회가 있었어도, 과연 책을 쓰려고 했을지 의문이다. 나는 앞으로도 계속 책을 쓰려고 한다. 이번에 책을 쓰고 보니 책을 쓰는 일은 한 번으로 끝나는 것이 아니라는 생각이 들었다. 한 번이라도 책을 써본 사람은 그다음 책을 또 쓰게 되는 것 같다. 한 권도 책을 쓰지 않았을 때는 전혀 그런 생각을 하지 못했다. 이러한 꿈을 갖고 있기에 하루 1시간 1분 1초도 귀하고 소중하다. 따라서 시간을 더욱 낭비하지 않고 소중히 여겨야 한다.

우리 집은 남편도 나도 각자 자기 책상에서 독서를 하며, 자기계발을 하고 있다. 하루 24시간이 모자랄 정도로 시간이 부족하게 느껴진다. 우리 아이들이 어렸을 때, 아이들에게 동화책을 읽어주면 좋다는 조언을 듣고, 처음에는 열심히 읽어주었다. 그러나 매일 소리 내어 읽어주는 일은 힘든 일이었다. 어느 순간, 나도 지쳐버린 것 같다. 아이들에게 동화책을 읽어주는 것도 힘들어하던 내가, 이제는 남편과 함께 글쓰기와 독서를 하고 있다. 나도 이런 순간이 올 거라는 것은 생각도 하지 못했다. 과거에 내가 소홀히 한 부분들도 시간이 지나면서, 다시 중요한 가치로 여겨지는 날이 온다는 사실을 깨달았다. 삶의 우선순위를 무엇으로 정하느냐에 따라 가치도 달라진다.

나는 글쓰기와 독서를 병행하면서, 책을 쓰게 되었다. 처음에는 글쓰기로 시작했지만, 글을 쓰는 과정에서 책을 쓰게 된 것이다. 글쓰기는 결국 새로운 꿈을 향해 나아가게 하는 원동력이 되었다. 그 꿈이 있어서 나는 이렇게 열심히 살아가고 있다. 앞으로도 나는 책을 쓰기 위해 노력하게 될 것이다. 나는 남은 생을 글쓰기로 살아갈 계획을 세우며, 벅찬 하루하루를 보내고 있다. 이를 위해 메모하고, 여행을 다니며, 사례를 모아갈 것이다. 이제 글쓰기는 내 생활의 가장 중요한 부분이 되었다. 글쓰기를 통해 꿈을 이루게 되었다. 책 쓰기는 나에게 있어서 삶의 의미이며, 나의 파이프라인 중 하나다. 나는 나의 꿈 중 하나를 이룬 것이다. 글쓰기는 내가 살아가는 이유다.

나는 내 인생의 주인공으로 살 것이다

　드라마를 볼 때마다 행복한 주인공의 모습을 보면, 나도 그렇게 살고 싶다고 생각하곤 했다. 그리고 그 주인공이 행복해지는 모습을 보면 왠지 모르게 기분이 좋아지는 것을 느낀다. 그러나 우리는 태어날 때, 어떤 가정에서 태어날지를 스스로 결정할 수 없다. 초등학교 1학년 때 같은 반 친구의 집이 엄청난 부잣집이었다. 친구는 옷도 매일 다른 옷으로 예쁘게 차려입고 왔다. 나는 친구가 입고 있는 옷과 신고 있는 빨간 구두를 가지고 싶었다. 친구는 자신이 부잣집의 딸이라는 것을 은근히 자랑했다. 나는 어린 마음에도 친구가 입고 있는 투피스와 구두가 없는 게 너무 속상했다. 게다가 나는 짧은 단발머리인 데 반해, 친구는 긴 머리를 하고 있어서 부러움을 사기도 했다. 머리에 꽂은 핀은 너무 예뻐서 다른 친구들도 만져보고 싶어 했다. 그러나 친구는 아무도 그 핀을 만지지 못하게 했다. 그 당시만 해도 그런 예쁜 핀은 구경하기 힘든 것이었다. 그렇게 친구는 항상 부러움의 대상이었고, 우리 반에서 항상 주인공이었다.

나는 한 번도 인생의 주인공으로 살아본 적이 없는 것 같다. 학교에서도 상위권의 성적을 받은 적이 없었다. 중학교 2학년 때 반에서 2등을 한 기억이 있다. 그 후로는 상위권의 등수에 든 적이 없었다. 졸업할 때 받은 상은 개근상이 전부였다. 특별히 잘하는 재능이 없었기 때문에, 예능 쪽에서도 마찬가지였다. 결혼해서 아이들이 자란 뒤, 보험회사에 다녔지만, 영업 실력도 남들이 부러워할 만큼 최고의 위치가 아니었다. 보험회사에서도 시상식 때만 되면, 상을 받는 사람이 항상 받았다. 어쩌다 신입이 들어와서 시상식에 나가는 경우는 있었다. 그러나 그들도 더 이상 계약할 게 없으면 결국 오래 버티지 못했다. 그리고 어느 순간 그들의 모습도 온데간데없이 사라져버렸다. 계속 시상식에서 상을 받는 사람들은 항상 그 사람이 그 사람이었다. 어디서 그렇게 많은 계약을 해오는지 정말 대단했다. 그들이야말로 보험회사의 주인공들이 아니었을까? 이처럼 세상을 살아가면서 주인공으로 사는 사람들보다는 주인공이 아닌 사람들이 더 많다. 그래서 그들이 더 돋보이는 게 아닐까? 사람들이 올림픽에서 금메달을 딴 선수들을 왜 그렇게 환영해주겠는가? 그만큼 남다른 노력으로 성과를 냈기 때문이다.

결혼 전, 큰며느리가 인사를 오면서 예쁜 꽃을 한 다발 사 온 적이 있었다. 꽃을 선물로 받는 것만으로도 그렇게 기분이 좋은 일인 줄 몰랐다. 누군가가 나에게 꽃을 선물한다는 것 자체만으로도 설레는 일이었던 것이다. 보험회사에서도 가끔 시상식 때 꽃다발을 받아본 적은 있었지만, 그때와는 또 다른 느낌이었다. 보험회사에서는 항상 실적에 쫓기는 삶이었기 때문에 꽃을 받으면서도 꽃다발보다는 상품권을 받았으면 했다. 그만큼 마음의 여유가 없었다.

큰며느리가 나를 생각하고, 꽃을 준비했을 것으로 생각하니 더 기분이 좋았던 것 같다. 처음 인사를 오면서, 어떤 선물을 준비할지 얼마나 고민이 되었을까? 나는 큰며느리에게서 받은 꽃다발을 두 군데로 나누어, 유리병에 담아보았다. 정말 예뻤다. 꽃을 사는 것이 익숙하지 않아서인지, 한편으로는 꽃을 받으면서 걱정이 되었다. 꽃이 빨리 시들어버리면, 아쉬운 마음이 들 것 같았다. 그래서 꽃이 좀 더 오래가는 방법이 있을까 고민했다. 거꾸로 말리는 것도 생각해보았지만, 싱싱한 꽃을 처음부터 말리는 것은 꽃에 대한 예의가 아닐 것 같았다. 그래서 꽃다발을 두 군데로 나누어 화병에 담아 며칠 더 싱싱한 꽃을 감상하기로 했다. 꽂아놓은 꽃은 보기만 해도 행복했다. 꽃은 이렇게 보는 이에게 기쁨과 즐거움을 선사해준다. 나는 한 번도 나를 위해 꽃을 사보지 않았다. 사는 게 바빠 그만큼 여유가 없었기 때문이다. 작은 며느리 부모님과 상견례를 하는 날, 공교롭게도 그날이 내 생일이었고, 사부인께서 꽃바구니를 선물해주셨다. 작은며느리가 사부인님께 말씀을 드린 것 같다. 기분이 너무 좋았다. 마치 영화 속 주인공이 된 기분이랄까. 이처럼 꽃을 받으면 대접받는 느낌이 든다. 그래서 나는 며느리들이 우리 집에 오면 항상 이렇게 대접받는 느낌을 받도록 배려하려고 한다. 그들도 귀한 집의 자녀들이기 때문이다.

한번은 보험회사에서 근무할 때 고객분이 자기 집으로 식사를 초대해주신 적이 있었다. 나는 보험회사 17년을 다니는 동안, 그때 외에는 한 번도 고객의 집으로 초대받아 식사한 적이 없었다. 대부분 식사하더라도 밖에서 하지, 일부러 자기 집으로 초대하지는 않았기 때문이다. 그런데 그분은 음식을 직접 준비해서 대접해주신 것이었다. 나는 지금도 그때의 일을 생각하면 대접받았다는 생각에 기분이 좋아진다. 가정주부라면, 식구끼리 밥을 먹는 것도 아니고, 다른 사람에게 음식을 대접하는 일이 얼마나 힘들고 번거로운 일인지 알 것이다. 물론 음식 솜씨가 없으면 하고 싶어도 할 수 없겠지만, 그분은 음식도 잘하시기 때문에 가능했을 것이다. 식사에 초대되어 밥을 먹는 그 순간은 정말 영화 속의 주인공인 것처럼 행복했다. 누군가가 나를 위해 음식을 준비했다는 것처럼 행복한 일은 없을 것이다. 우리 며느리가 나에게 꽃을 선물한 것처럼 나도 그분 집에 초대되어 갔을 때, 꽃을 선물해야 했다. 그러나 시간을 맞추어가다 보니 꽃을 준비하지 못했다. 만약 그랬다면 그분도 너무 기뻐하셨을 텐데…. 지금도 그때의 일을 생각만 하면, 죄송스러운 마음이 들며, 감사하고 행복해진다.

직장을 그만두고 집에서 독서와 글쓰기를 하며 지내왔다. 사람들은 독서와 글 쓰는 일을 따분하게 여길 수도 있다. 왠지 지루하고 정체된 것 같은 그런 일이라고 생각할 것이다. 그러나 글쓰는 일은 새로운 세계를 경험하며 끝없는 상상력을 통해 마음속에 있는 생각들을 창조해내는 멋진 일이다. 이 일만으로도 설렌다. 나는 그동안 꿈꿔왔던 책을 쓰게 되어 작가의 꿈을 이루었다. 상상만 했던 그 일이 이루어진 것이다. 사람들은 누군가가 꿈을 이루었다고 하면, 그것은 그 사람이기 때문에 가능했을 것이라고 말한다. 나도 한동안 그렇게 생각했다. '꿈이 이루어지는 것은, 나와 아무런 관계가 없는 것'이라고. 하지만 작가의 꿈을 이룬 지금은 생각이 바뀌었다. 이제 나는 이 꿈을 바탕으로 계속 성장해가려 한다. 작가의 삶을 살아가면서, 더 많은 꿈을 이루어 가게 될 것이다.

나는 가끔 '세바시'를 보곤 한다. '세바시'는 더 좋은 세상을 위한 지식과 경험, 아이디어를 제공해주는 강연 장소다. 다양한 분야의 다양한 경력을 자랑하는 사람들이 참여하기 때문에, 흥미를 갖고 듣게 된다. '세바시'에서 발표하는 분 중에는 이름이 알려진 분들도 있지만, 그렇지 못한 분들도 있다. 나는 이 '세바시'의 강의를 들을 때마다, 고품격 강연이라는 생각을 갖게 된다. 그리고 나도 저 무대에 나가 강연을 하고 싶다는 생각을 할 때가 많았다. 그러나 평범한 내가 무슨 자격으로 그 자리에서 강연할 수 있겠는가?

그러나 지금은 생각이 바뀌었다. 책을 쓰지 않았다면, 그런 생각을 하지 못했을 것이다. 최소한 내 이름으로 된 책이 있으니, 책을 내기 전과는 많이 달라진 것이다. 이제 내 이름 뒤에 작가라는 두 글자가 따라붙게 되었다. 어디를 가든 나를 작가라고 소개할 수 있게 된 것이다. 이제 나는 더 큰 욕심을 갖게 되었다. 누구든지 어떤 목표를 이루면 그다음 목표를 이루고 싶어 하는 것이 사람의 마음인 것 같다. 그것이 꼭 나쁜 것만은 아닐 것이다. 그러한 욕심이 결국 나를 성장하게 하는 지름길이기 때문이다. 한국 이민자의 가정을 그린 영화 〈미나리〉라는 작품이 있다. 그 영화에서 할머니 순자를 연기한 배우 윤여정 님은 한국 배우로서 최초로 오스카 트로피를 수상했다. 미국 로스앤젤레스에서 열린 제93회 미국 아카데미 영화상 시상식에서 여우 조연상을 받은 것이다. 수상소감을 발표하는 그녀의 모습은 너무나도 재치 있고, 당당해 보였다. 윤여정 님은 한때 미국에서 거주했다고 한다. 그래서인지 영어로 발표하는 모습이 매우 침착하고 여유로워 보였다. 나는 그 모습이 너무 부러웠다. 아마도 오랜 기간의 연기 경력을 통해 나온 내공이 아니었을까? 나도 그런 멋진 무대에서 강연하고 싶다고 생각하게 되었다. 꿈은 이루라고 있는 것이다. 배우 윤여정 님이 멋지게 수상소감을 발표하기까지는 험난한 일도 많았을 것이다. 그래서 더욱 가치가 있는 것이다.

이제 나는 드라마의 주인공처럼 또는 시상식의 주인공처럼 멋진 삶을 살아가려고 한다. 드라마의 주인공만 주인공이 되는 것은 아니다. 그동안 나는 눈에 띄지 않는 조연처럼 다른 사람의 눈에 띄지 않는 삶을 살아왔다. 하지만 이제부터는 주인공으로 살고 싶은 욕심이 생겼다. 나는 지금 작가가 되어 팬 사인회를 하는 모습을 상상하고 있다. 나의 팬인 독자들에게 사인해주는 모습을 상상하는 것만으로도 기분이 좋아진다. 나는 작가로서 더욱 열심히 노력해서 제2, 제3의 책을 쓸 것이다. 그래서 많은 독자에게 도전이 되고 사랑을 받고 싶다. 이제 나는 내 인생의 주인공으로 살 것이다. 그동안 주인공으로 살지 못했다고 해서 계속 조연으로 남아 있으라는 법은 없을 것이다.

내 인생의 주인공은 나 자신이다.

글을 쓰면 삶에 대한 애틋함이 생긴다

글쓰기는 동물과 사람이 다른 점 중 하나다. 일부러 글을 쓰지 않는다고 생각하는 사람들도 하루에 수십 번씩 카카오톡으로 대화를 나누고 있다. 이렇게 글을 쓰는 일은 다른 사람과 대화의 소통이 될 뿐만 아니라 따뜻한 마음을 나누는 일이다. 일기에 쓰는 글이나 블로그, 브런치에 올리는 글들은 우리가 일상에서 경험하고 느끼는 것들을 글로 기록하는 것이다. 그렇게 함으로써 더욱 애틋한 마음을 느끼게 한다. 기록한 글들을 일부러 지우거나 삭제하지 않는 이상, 시간이 지나도 오래도록 우리에게 감동을 준다. 또한 다른 사람들에게 공감을 불러일으키기도 한다.

우리 집은 작은아들이 1년 먼저 결혼했고, 뒤를 이어 큰아들이 2022년 6월에 결혼했다. 큰아들 결혼 전날 며느리들과 통화하게 되었는데, 그때 큰며느리와 작은며느리의 전화는 나에게 사랑이었다.

내일은 큰아들의 결혼식이다. 어제 손톱을 예약한 곳에서 손질받고 돌아왔는데, 친정어머니가 손질한 내 손톱을 보시고 너무 짧게 손질이 되었다고 하셨다. 연세가 있으신 분도 그렇게 이야기할 정도면, 아무래도 잘못된 게 아닌가 하는 생각이 들었다. 그런데 마침 작은며느리한테 전화가 왔다.

"어머님, 내일 형님 결혼식인데 기분이 좀 어떠세요?"

언제 봐도 상냥하고 마음씨가 예쁘기만 하다.

"나야, 기분이 좋지! 그런데 어제 손톱 손질한 게 너무 짧아서 잘못한 것은 아닌지 모르겠다."

작은며느리는 "어머님, 그렇게 해야 손톱이 오래가요!"라고 말하는 것이었다. 며느리가 그렇게 말하니 조금 걱정이 줄어들었다. 마치 어린아이가 엄마의 말에 안심이라도 하는 것처럼 마음이 놓인 것이다.

"아, 그래. 그래서 그 아가씨가 짧게 해주었구나!"

손톱이 너무 짧게 손질된 것 같아 속상했는데, 그렇게 해야 오래간다고 하니 얼마나 다행인지 모른다. 그제야 나는 마음이 편안해졌다.

작은며느리와의 통화가 끝난 뒤, 이번에는 내일 결혼식을 하게 될 큰며느리한테 전화가 왔다.

"어머님, 그동안 결혼식 준비하느라 바빠서 전화도 못 드렸는데, 오늘은 일찍 퇴근해서 전화를 드렸어요."

'세상에!'

나는 결혼식에 아무것도 준비한 것도 없이 결혼식장에 가서 앉아 있기만 할 텐데, 전화를 못 했다고 일부러 전화한 것이다. 나는 그렇게 말해주는 큰며느리가 고마웠다.

"아니야, 너무 무리하지 말고, 내일 예쁘게 화장해야 하니 일찍 들어가서 쉬렴. 전화해줘서 고맙다."

오늘은 이렇게 며느리들의 전화를 한꺼번에 받아 너무 행복한 날이다.

결혼식 날이 기다려진다.

이렇게 나는 글쓰기를 통해 삶의 소중한 순간들을 회상할 수 있었고, 대화하면서 느꼈던 가족 간의 사랑을 다시금 떠올릴 수 있었다. 평범한 지난 일들이지만 기록함으로써, 다시금 나의 마음을 흐뭇하게 하는 글의 힘을 발견할 수 있었다.

또 한번은 직장을 다니면서 운전하고 있을 때의 일이다. 나는 겁이 많아서 운전하면서도 늘 불안한 마음을 가지고 있었다. 여느 때처럼 출근하는 날 있었던 일이다.

비가 보슬보슬 내리고 있었다. 많이 내리지는 않았지만, 초보인 나에게는 조금 걱정스러웠다. 그래도 비가 많이 오는 게 아니라서 이 정도는 괜찮을 것 같았다. 출근길에 항상 서부간선도로를 지나가곤 했다. 시흥사거리에서 좌회전 신호를 받고 기다리는 중이었다. 그곳은 신호가 좀 짧았다. 나는 내 차가 맨 앞에 위치하면 항상 불안해했다. 아직 신호등에 익숙하지 않아서 앞에서 출발하는 게 자신이 없었기 때문이다. 그래서 신호가 들어오면 끊기기 전에 빠르게 지나가려고 했다. 그런데 그날따라 내 앞에 있는 차가 탑차였고, 비까지 오면서 신호등이 잘 보이지 않았다. 앞에 있는 탑차가 가기에 신호가 바뀌었다고 생각해서 나도 따라갔던 것이 실수였다. 지금 생각하니 그 탑차는 황색 신호등일 때 지나갔고, 나는 황색 신호에서 적색 신호로 바뀐 다음에 지나갔던 것이다. 그 차가 지나가면서 적색 신호등으로 바뀌었지만, 나는 몰랐다. 그렇게 열심히 탑차를 따라가고 있는데, 갑자기 교통경찰관이 내 차 번호를 불렀다.

"6341, 차 빼세요!"

"6341, 차 빼세요!"

'아니, 저것은 내 차 번호인데!' 교통경찰관이 부르니, 가던 길을 계속 갈 순 없었다. 그래서 한쪽으로 차를 세우고 긴장된 마음으로 기다리고 있었다. 교통경찰관이 내 차 앞으로 다가왔다. 할 수만 있다면 그 자리를 피하고 싶었다. '아, 어쩌다가 교통경찰관에게 걸리는 신세가 되었는가!' 창문을 열자, 교통경찰관은 운전면허증을 제시하라고 했다. 운전면허증이 이럴 때 필요하다는 것을 처음으로 알았다. 만약 운전면허증도 없었다면 무슨 일이 일어났을까? 운전면허증이 있어서 그나마 다행이라는 생각이 들었다. 나는 순순히 교통경찰관에게 운전면허증을 제시했다. 교통경찰관은 나에게 다가오더니 이렇게 말했다.

"여기가 얼마나 위험한 곳인 줄 아십니까? 사망사고가 많은 곳이라 잘못하면 사망하실 수도 있습니다. 그런데 신호위반을 하시면 어떡합니까?"

나는 그 말에 더욱 겁이 나서 안절부절못했다. 그러고는 교통경찰관에게 모기만 한 소리로 체념하듯 말했다.

"사실 차 끌고 나온 지 얼마 안 됐습니다. 앞에 있는 차가 탑차이다 보니, 그 차가 가기에 아직 신호가 안 바뀌었다고 생각하고, 저도 따라갔습니다. 죄송합니다."

다행히도 교통경찰관은 금방이라도 눈물이 날 것 같은 겁먹은 표정의 나에게 구원의 손길을 내밀어주었다. 오랜 실무 경험이 있는 교통경찰관이니 내가 초보라는 것을 쉽게 알아챌 수 있었을 것이다. 교통경찰관은, "오늘 처음이니 봐 드리겠습니다. 앞으로 조심하십시오" 하면서 그냥 보내주었다. 살면서 대한민국 경찰이 그렇게 멋지다고 생각한 적이 또 있었던가? 나는 몇 번이고 고개를 숙이며 인사를 드렸다.

"감사합니다!"

"감사합니다!"

그 이후로는 탑차 뒤에는 절대로 서지 않도록 노력했고, 신호 위반에 걸린 적이 단 한 번도 없었다. 지금도 어딘가에서 그 경찰관은 경찰로서의 업무를 수행하기 위해 열심히 일하고 있을 것이다. 나는 그 경찰관에게 감사의 마음을 전하고 싶다.

"감사합니다!"

이 글을 읽을 때마다, 초보 시절의 암담하고 두려웠던 기억들이 다시금 떠오른다. 나는 그때의 모습으로 돌아가서, 그때의 감정들을 되새겨 보곤 한다. 나의 이러한 경험은 다른 사람들에게도 공감을 주며 용기와 위로가 되어줄 것이다.

'너를 떠나보내고 나서'

너와의 인연이 이렇게 짧게 끝날 거라곤 미처 생각도 못했어. 그런데 지금 내 옆에 없는 것을 보니 현실이었어. 처음부터 완벽하게 잘 지내지는 못했지만, 나는 너를 만나러 가는 날 무척 들떠 있었어! 아마 그래서였을까? 첫날부터 실수했으니 말이야.

우리의 만남은 짧은 5년 동안이었지만 너에게 다가갈 때마다 항상 조심스러웠어! 하지만 시간이 지날수록 왠지 뿌듯하고 행복했었어. 같이 있을 때는 몰랐는데 네가 떠난 후에야 네 자리가 너무나 크게 느껴졌어. 아마도 시간이 흐를수록 네가 더 그리워질 거야. 많이 그리워질 거고. 지나가다가도 너와 비슷한 모습의 친구를 만나면 새록새록 생각이 나곤 해.

너는 정말 위대했어. 남들은 나와 함께 있는 너를 보고 그만 헤어지라고도 했지만, 나는 그러고 싶지 않았어. 너는 나에겐 최고의 친구였거든. 너 이외의 다른 친구는 쳐다보고 싶지도 않았고 또 너만으로도 충분했기 때문에 그럴 필요도 없었지. 항상 두려워하는 나에게 너는 용기를 주는 훌륭한 친구였으니까. 그런데 왜 너와 가까워지기까지 그렇게 긴 시간이 걸렸을까?

독자분들은 이 글에서 '너'를 누구라고 생각하는가?

사실 '너'는 나의 첫 번째 차였던 '아반떼'를 말한다. 폐차하면서 당시의 나의 심정을 적어본 것이다.

글쓰기는 우리 마음에 편안함과 위로를 가져다준다. 내 마음이 너무 지칠 때, 슬프거나 화가 나고, 속상함이 내 마음을 뒤덮을 때, 나의 마음을 진정시켜준다. 그렇게 작성된 글은 우리 마음을 때로는 행복으로, 때로는 애틋함으로 다가오게 한다. 그때의 감정은 오롯이 나만 느낄 수 있고, 시간이 지나면서 잊혀질 수밖에 없다. 또한 글쓰기는 감사와 기쁨의 마음을 가져다준다. 글을 쓰면서 나의 감정이 정리되는 마법과 같은 힘을 느끼게 한다. 그 기쁨은 어떤 경험과도 견줄 수 없는 것들이다. 글을 쓰면서 느껴지는 행복과 애틋함은, 글쓰기가 나에게 주는 크나큰 선물이다. 그리고 그것은 나에게 새로운 글을 쓰게 하는 원동력이 되어준다.

글 쓰는 일은 삶에 대한 애틋함을 자아내는 특별한 경험이다.

글쓰기는 하루에 한 번
나 자신과 데이트 하는 시간이다

　결혼 전 남편과 데이트했을 때의 일이 떠올랐다. 우리는 같은 직장에 다니고 있었지만, 직장 동료들에게 사귀는 사실을 알리지 않았다. 남편과 나는 회사에서 종일 함께 시간을 보내고도 매일 데이트했다. 그 당시만 해도 차량이 대중화되지 않은 시기여서, 남편과 나는 버스를 타고 다니며 데이트를 즐겼다. 남편이 사는 집과 우리 집은 정반대 방향이었다. 그래서 퇴근 후에 나를 집으로 데려다주느라, 남편은 항상 늦게 귀가해야만 했다. 그러나 퇴근 후 버스를 이용하는 것이 유일한 데이트였기 때문에, 남편도 항상 그 시간을 기다렸다. 나를 집으로 데려다주느라 남편은 매우 피곤했을 것이다. 그런데도 집에 도착하면, 바로 쉬는 게 아니라 늦은 시간까지 나에게 편지를 썼다. 그리고 다음 날,

출근하기 전에 내 자리에 올려놓곤 했다. 만약 지금처럼 카카오톡이 있었다면, 아마도 우리는 밤새 카카오톡으로 대화를 나누었을지도 모른다.

함께하는 사람과의 대화는 소재거리가 끊임없이 이어진다. 남편은 자신의 마음이 원하는 대로 했다. 글쓰기도 타인에 의해서 하는 글쓰기는 재미가 없다. 아마 고문으로 여겨질 수도 있을 것이다. 그런 글쓰기는 설렘도 없고, 애틋한 감정이 느껴지지도 않는다. 나는 결혼 전에 남편과 데이트했던 것처럼 하루에 한 번 글쓰기로 데이트한다. 바쁠 때는 데이트를 오래 못하지만, 시간상으로 여유가 있는 경우에는, 조금 긴 시간을 할애하며 시간을 보내고 있다. 일기는 내 마음을 표현하기에 가장 적합한 것 같다.

어느 날 문득 돌아가신 시어머님이 생각이 났다. 시어머님께는 제대로 잘해드린 게 없어 항상 죄송한 마음이 있었다. 시어머님을 생각하며 나 자신과 데이트를 한 내용이다.

오늘은 돌아가신 시어머님이 부쩍 생각이 난다. 나도 시어머니가 되었기 때문일까? 시어머님은 1996년에 암으로 인해 세상을 떠나셨다. 벌써 27년 전의 일이다. 시아버님이 91세에 돌아가신 것에 비하면, 시어머님은 엄청 일찍 돌아가신 것이다. 시어머님은 자궁암 진단을 받고, 수술 후, 방사선 치료를 받으셨지만, 2년 만에 재발했다. 의사의 3개월밖에 못 사신다는 말대로 딱 그 정도만 사시다 돌아가셨다. 그 당시, 나는 아이들을 한창 키우고 있을 30대 초반이었다. 방사선치료를 받으시고 난 뒤에는, 시어머님께 어떤 음식을 해서 드려야 할지 고민이 많았다. 지금 생각하면 철없는 며느리였다. 남편은 외아들이지만, 결혼 후 처음부터 시어머님과 함께 살지는 않았다. 그러나 아이들이 여섯 살과 네 살이 되던 해, 나는 함께 살자고 말씀드렸다. '숟가락 두 개만 더 얹어놓으면 되지 않을까?' 하는 순진한 생각 때문이었다. 지금 생각하면 웃음이 나온다. 그 이후로 많은 어려움을 겪어야 했기 때문에, 후회하기도 했다.

시어머님은 나에게 시어머니의 권위만 내세운 분이 아니셨다. 드라마에 나오는 시어머님들처럼 나를 시집살이를 시키지는 않으셨다. 집안 사람들에게도 며느리에 대해 한 번도 흉을 보지 않으셨다. 살림이 어려워 항상 미안해하셨다. 시어머님은 원래 알뜰하신 분이어서 나물을 무치고 나면, 그 그릇에 남아 있는 양념을 너무 아까워하셨다. 그래서 그냥 버리지 않으시고 항상 남은 양념에 비벼서 드시려고 했다. 잔칫집을 가도 우리 자리에 있는 떡이 그냥 버려질까 봐

며느리인 나에게 항상 가방 안에 담아서 가져가도록 하셨다. 그때만 해도 그런 시어머님이 나는 너무 부끄럽고 창피했다. 그러나 세월이 흘러 시어머님의 나이가 되고 보니, 어느새 시어머님처럼 똑같이 행동하는 나를 보게 된다. 이제 시어머님의 행동에 대해 부끄러움을 느끼지 않는다. 지금 내 모습을 돌아가신 시어머님이 보신다면 어떻게 반응하실까? 잘하고 있다고 칭찬해주실까? 지금 시어머님을 생각하면서, 나 자신을 돌아보니, 나도 나이를 먹은 것 같다.

이렇게 글쓰기를 통해 하루에 한 번 과거의 나와 데이트하는 것은 글쓰기의 또 다른 매력이다. 과거를 회상하며 지나간 일들을 되돌아볼 수 있기 때문이다.

2022년 6월 어느 날, 부쩍 마른 친정어머니를 보며 마음이 너무 아팠다. 나는 어머니에 대한 나의 마음을 일기에 솔직하게 담아보았다.

요즘 어머니를 보면 왜 이렇게 마음이 짠한지 모르겠다. 할 수만 있다면 어머니랑 같이 지내면서 시간을 많이 보내고 싶다. 전에는 몰랐는데, 어머니가 정말로 나이를 많이 먹으셨다는 생각이 들어 슬프기만 하다. '세월을 이길 자가 없다' 라고 하더니 그 말이 맞나 보다. 어머니의 쇠약해진 팔은 보는 내 마음을 더욱 아프게 한다. 팔과 다리의 살이 너무 빠져서 그런 것 같다.

우연히, 전철역에서 젊은 연인들이 포옹하는 모습을 보게 되었다. 그 순간 그들의 아름다운 모습에 마음이 멈춰져, 그 아름다움을 한동안 바라보았다. 그리고 일기장에 이렇게 담아보았다.

전철에서 내려 출구로 나가려고 하는데, 앞에 있는 한 여성에게 연인으로 보이는 젊은 청년이 다가왔다. 그리고 가방을 받아주며, 반갑게 포옹하는 모습을 목격했다. 청년은 그 여성을 기다리느라 한참이나 그 자리에서 기다린 듯했다. 예전에는 그런 모습을 봐도 그냥 지나치기만 했었다. 그런데 요즘은 그런 사랑스러운 모습이 더 눈에 들어온다.

나는 젊어서 어땠을까? 너무 보기 좋아 한참 동안 그들을 쳐다보았다. 다른 사람의 눈에는 어떻게 보였을까? 얼마 전까지만 해도 그런 모습이 낯설었는데 이젠 낯설지 않다. 그냥 가방이나 들어주던 우리와는 전혀 다른 모습이다. 기성세대들이 그렇게 하지 못하는 이유는 무엇일까? 아마도 다른 사람의 시선을 의식하기 때문에 표현을 못하는 것이 아니었

을까? 물론 사랑이 무디어진 탓도 있을 것이다. 우리의 정서
상 자유롭게 표현하며 살지 않아 우리에게는 익숙하지 않은
모습이다. 그래서 그런지 우리 아들과 며느리들이 사는 모습
을 보면, 너무 예쁘고 귀엽게 느껴진다. 서로에게 사랑하는
마음을 마음껏 표현하며 살아주었으면 좋겠다. 그런 부모의
모습을 보고 자라는 자녀들도 감정이 풍부한 아이들로 성장
하게 될 것이다.

한동안 책 쓰기를 하느라 블로그에서 이웃들과 자주 소통하지
못하고 있었다. 어느 날, 한 이웃의 블로그를 방문해보았다. 그
이웃은 여전히 열심히 글을 올리고 있었다. 나는 반가움을 느끼
며 댓글을 달았다.

"요즘 책을 쓰느라 블로그에 필사만 간신히 올리고 있어요.
시를 쓰고 계시는 모습이 나날이 발전하고 있어서 너무 보기 좋
아요. 화이팅하세요. 앞으로도 가끔 들어 올게요."

그러자 이웃님은 책 쓰는 일에 집중하라는 응원의 메시지를
남겨주었다. 정말 감사했다. 내가 못 들어오고 있다는 것을 그분
도 이해하고 계셨던 것이다.

책을 쓰는 일이 거의 끝나갈 때쯤 갑작스럽게 마음이 불안해졌다. 지금까지는 원활하게 진행되었는데, 왜 갑자기 불안해지는지 궁금했다. 설마 남은 꼭지를 못 쓰기야 하겠는가? 그런데도 남은 꼭지를 쓰지 못하면 어쩌나 하는 불안함이 엄습해왔다. 책은 왜 쓰면 쓸수록 어렵다는 느낌이 드는 것일까? 누가 이런 마음을 이해해줄까? 나는 내 안의 나를 위로해주었다.

'걱정하지 마. 지금까지 잘 해왔어. 이런 걱정은 자연스러운 거야. 너는 계속 잘하고 있어. 자신을 믿어봐. 조금만 더 힘내면 돼. 거의 끝났어.'

이렇게 매일 나는 글쓰기로 나와 데이트하면서, 내 안의 나와 마주하며 대화하고 있었다.

글쓰기는 하루에 한 번 나 자신과의 소중한 데이트 시간이다. 매일 글을 쓰는 과정은 마치 나 자신과의 대화와 같다. 글을 쓰면서 내 안의 생각과 감정을 자유롭게 표현하고, 글을 통해 내가 누구인지를 발견할 수 있다. 이는 마치 나 자신과 깊은 대화를 나누는 것과 같다. 하루 한 번의 글쓰기 시간은 힐링이며 새로운 것을 창조하는 시간이다. 글을 쓰며 나 자신과 마주하며 새로운 아이디어가 떠오르고, 더 나은 표현력이 완성된다. 글쓰기는 나 자신에게 힘과 용기를 준다. 매일 글을 씀으로써 지나간 일들을 돌아보고 정리하며 깨달음을 얻기도 한다. 매일 한 번씩 과거의 나, 현재의 나, 미래의 나와 데이트하는 글쓰기는 행복한 삶으로 가꾸어주는 도구가 된다. 나는 매일 글쓰기를 통해 나 자신과 데이트하고 있다.

좋은 변화를 원한다면 당장 글쓰기를 해보라

나는 직장을 그만둔 뒤 글쓰기를 본격적으로 시작했다. 글쓰기를 하기 전에는 사물에 대해서, 그리고 다른 사람의 변화에 대해서 민감하게 포착하지 못했었다. 그러나 글쓰기를 한 뒤부터 나의 관찰력은 크게 변화되었다. 글쓰기는 독서의 양이 많아지는 만큼 글쓰기 실력도 늘어난다. 글쓰기와 독서량은 서로 비례하기 때문이다.

나는 글쓰기를 하면서 책을 쓰는 작가가 되었다. 내가 책을 쓰고 있다는 말을 들은 사람들은 나름 걱정했던 것 같다. 책을 쓰는 일이 아무나 하는 것이 아니라는 생각을 하고 있었기 때문이다. 나는 나의 남은 삶을 또다시 직장생활을 하면서, 시간을 낭비하며 살고 싶지 않았다. 보험회사를 그만두면 생계를 유지하기 위해 사회복지사, 요양보호사라는 자격증을 준비했다. 그러나 그 자격증들이 나의 노후를 책임져주지 않을 것 같다.

그래서 글쓰기를 하며 독서와 함께 자기계발을 하던 중, 책을 쓸 기회를 잡을 수 있었다. 나는 책 쓰기에 도전하면서 내 평생에 그것도 단기간에 이렇게 많은 책을 읽어본 적이 없었다. 책을 쓰기 위해서는 많은 관련 도서를 보며 참고해야 했기 때문이다. 이전에 도서관에 가서 책을 빌리던 나의 모습과는 사뭇 다른 모습이었다. 책을 쓰기 위해 수십 권의 책을 구매해서 읽었다는 것만으로도 대단한 변화였다. 나조차도 이런 나의 변화가 믿기지 않았다.

많은 사람이 미라클 모닝을 하면서, 스스로를 변화시키려고 한다. 사람은 편하면 편할수록 편해지려 하는 경향이 있다. 네이버 블로그를 통해 글쓰기 100일 챌린지를 하면서도 100일이 너무 길게 느껴졌다. 그만큼 목표를 달성하기 위해 노력해야 하는 일은 쉽지 않았다. 무언가를 이루기 위해서는 자신과 싸움을 해야만 했다. 그러나 나는 챌린지를 달성하고, 그 결과 매일 글 쓰는 일이 습관화되었다. 책 쓰기를 통해 2장 반의 글을 쓰는 일을 더 이상 두려워하지 않게 되었다.

이제 나는 무엇이든 할 수 있을 것 같다. 계속 책을 써 내려가거나 장문의 글을 쓴다 해도, 두려움보다는 도전할 수 있다는 자신감이 생겼다. 운동도 습관을 들이면, 두려움 없이 할 수 있는 것과 비슷한 원리다. '책'이라는 노력의 결과물을 보면서 이전에 없던 자신감이 생긴 것이다. 나는 이제 무엇이든 할 수 있다는 확신이 생겼다. 소극적인 삶의 모습에서 적극적인 모습으로 변화할 수 있었다. 예전의 나는 누구를 만나도 내 의견을 적극적으로 말하지 않았다. 그냥 열심히 들어주고 자리만 채워주는 존재였다. 이제 생각해보면 그런 모습은 누가 봐도 재미없고 따분할 것 같았다. 경청이 중요하기는 하지만, 나의 모습은 조금은 방관자적 입장이었다. 그러한 모습을 좋아할 사람은 없을 것이다.

나는 글쓰기를 하면서 블로그나 카페에 댓글도 달고 답글을 하는 일이 많아졌다. 인스타그램까지 하면서 더욱 바빠졌다. 그러나 요령을 익히면서 오랜 시간이 걸리지 않아도, 지혜롭게 잘 소통할 수 있게 되었다. 댓글 하나를 달더라도 열정적으로 댓글을 다는 사람과 무미건조하게 댓글을 다는 사람들이 있었다. 감동적인 언어의 댓글을 보면, 그 글을 읽는 내 마음도 즐거워졌다. 책 쓰기를 하면서는 더욱 열정적인 댓글을 선호하게 되었다.

나는 책을 쓰면서 나도 할 수 있다는 긍정적인 생각을 갖게 되었다.

데일 카네기(Dale Carnegie)는 이렇게 말했다.

"여러분은 여러분의 힘으로 이 세상의 행복 총량을 쉽게 증가시킬 수 있다. 그 방법이 궁금한가? 바로 외롭고 절망에 빠진 사람들에게 그들의 가치를 인정해주는 몇 마디의 말을 진지하게 건네는 것이다. 비록 여러분은 오늘 했던 그 친절한 말을 내일이면 잊어버릴지라도, 이를 들은 사람은 평생을 간직할 것이다."

누군가의 긍정적인 말은 사람을 살아나게 하는 힘이 있다. 하지만 부정적인 말은 누군가를 영원한 투명 인간으로 만들게 된다. 초등학교 저학년 때 나는 발표를 하고 싶어 손을 들었는데, 아무리 손을 들어도 선생님은 내 뒤에 있는 친구만 시키셨다. 선생님이 무슨 말씀을 하시면서 나를 제외시켰기 때문이다. 어린 마음에 선생님이 나를 싫어한다고 생각하게 되었고, 그때부터 나는 발표하지 않는 소극적인 사람이 되었다. 그 후 나는 투명 인간처럼 살게 되었다.

책을 쓰는 과정에서 나도 다른 사람에게 도움을 주고 싶다는 생각을 하게 되었다. 특히 인생 2막을 준비하는 분들을 성공적인 삶으로 이끌어주고 싶다. 긍정적인 사람이 되려면 부정적인 생각을 하는 사람과는 거리를 두어야 한다. 나는 부정적인 사람들의 말을 듣는 것이 너무 불편하다. 할 수만 있다면 그런 환경을 피하고 싶다. 부정적인 에너지는 나에게 해로울 뿐이다. 내 말투에 혹시 부정적인 언어가 있는지 자주 체크하며 고치려고 노력한다.

책을 쓰기로 한 것은 쉽게 결정한 일이 아니었다. 직장을 그만두기 전부터 책 쓰기에 대한 꿈이 있었다. 그러나 그때까지만 해도 단지 일기장에 메모해놓은 생각에 불과했다. 직장을 그만둔 후에도 나는 글쓰기와 독서를 하며, 평범하게 살아가고 있었다. 그러나 지금 돌이켜 보면, 나는 책 쓰기 근력을 키워나가고 있었다. 마치 걷기를 조금씩 연습하다가 가속이 붙어 더 오래 걷는 것처럼, 나 또한 변화되고 성장하고 있었다.

이제는 더 많은 것을 도전하고 싶은 마음이 생겼다. '나는 할 수 없어'가 아니라 '나도 할 수 있어'로 마음이 바뀐 것이다. 사람은 평생 도전을 통해 새로운 변화를 끌어낼 수 있는 능력을 갖추고 있는 것 같다.

도서출판 위닝북스 대표이며 인생라떼 권마담 유튜브 채널을 운영하는 성공학 강사인 권동희 대표는, 그녀의 저서 《미친 꿈에 도전하라》에서 성공의 세 가지 진실에 대해 이렇게 말했다.

첫째, 확고한 꿈(하고 싶은 일)이다. 성공자들은 모두 간절한 꿈을 가슴에 품고 있었다. 꿈 덕분에 그들은 그 어떤 시련과 역경도 극복할 수 있었다.

둘째, 꾸준한 노력이다. 성공자들은 한두 번 해보고 안 된다고 해서 쉽게 포기하지 않았다. 오히려 그들은 성공이 쉽게 이루어지지 않는다는 것을 잘 알고 있었다. 그래서 끝까지 될 때까지 꾸준한 노력을 기울였다.

셋째, 강한 도전정신이다. 성공자들은 도전하는 것에 주저하지 않았다. 설사 지금 하는 도전에 어떤 리스크가 따른다고 해도 새로운 일에 뛰어들었다. 물론 숱한 실패를 겪었지만, 그 실패 속에서 답을 하나하나 찾아갈 수 있었고, 마침내 성공을 일구어냈다.

그래, 젊은 사람만 꿈을 향해 나아가라는 말은 그 어디에도 없는 것이다. 인생의 종착점에 도달할 때까지 나는 끊임없이 노력할 것이다. 혈기 왕성한 젊은 사람들만 꿈을 이룰 수 있는 게 아니다. 편안하게 인생을 즐기려는 나이에도 얼마든지 이룰 수 있다는 가능성을 보여주고 싶다. 그리고 나의 모습을 보고 많은 분이 따라서 도전하길 바란다. 열정적으로 노력하는 사람의 나이는 단지 숫자일 뿐이다. 노력과 열정은 우리의 모습을 동안(童顔)으로 변화시킨다. 누가 이야기하길 한국인들은 열정적이고, 전 세계에서 가장 동안이라고도 한다.

그러나 이러한 도전은 나 혼자 마음먹는다고 쉽게 시작할 수 있는 일은 아니었다. 남편의 동의가 없었다면 내가 아무리 마음을 먹어도 어려웠을 것이다. 사실 보험회사를 그만두고 집에서 쉬라고 한 것도 남편의 제안이었다. 또한 책 쓰는 일에 망설이고 있는 나에게 적극적으로 권유해준 사람도 남편이었다. 2022년에 남편도 직장을 그만둔다고 했을 때, 생계에 대한 염려 때문에 조금은 걱정이 되었다. 그러나 지금은 서로의 꿈을 이루어갈 수 있도록 함께 응원해주고 지원하는 든든한 동반자가 되었다. 지금은 내가 무엇을 하려고 해도 나의 꿈을 이해해주고 있기 때문이다. 아내의 꿈을 이해해주는 남편 덕분에 나는 내가 하고 싶은 작가의 길을 가게 된 것이다.

글쓰기를 통해 나에게는 많은 변화가 생겼다. 먼저, 글쓰기를 하면서 관찰력이 더 좋아졌다. 또한, 책 쓰기를 하면서 단기간에 더 많은 독서를 할 수 있었고, 책 쓰기 근력을 키워나갈 수 있었다. 또한 소극적인 모습에서 열정적이고 적극적인 모습으로 변화되었다. SNS가 무엇인지도 모르고 있던 사람이 블로그에 이어 인스타그램까지 하고 있다. 나는 매사에 부정적인 생각을 많이 하는 사람이었고, 수동적인 사람이었다. 그런데 긍정적이고 능동적인 사람으로 바뀌게 된 것이다. 책을 쓰게 되면서 나의 꿈을 가지게 되었고, 더 많은 꿈을 이루고 싶은 도전정신을 갖게 되었다. 좋은 변화를 원한다면 글쓰기를 해보라. 당신의 꿈은 이루어질 것이다.

글쓰기는 돈이 들지 않는 자기계발이다

보험회사를 그만둔 후, 종일 집에 있는 날이 많아졌다. 그러나 17년 동안을 한결같이 톱니바퀴처럼 살던 사람이 직장을 그만두자, 정말 할 일이 없어 보였다. 예전에는 아침에 일어나면 회사에 출근하고, 조회가 끝나면 고객을 만나러 가고, 저녁이 되면 퇴근했다. 하지만 회사를 그만두었을 시기는 코로나가 심각한 때라 외출하는 것 자체를 꺼렸다. 직장을 서울에서 다녔기 때문에 그때는 사람을 만나는 것도 수월했다. 그러나 지금 사는 경기도 화성으로 이사 온 뒤부터는, 사람들을 만나는 데 너무 오랜 시간이 소요되었다. 그래도 처음에는 멀어도 모임을 나가려고 애를 썼지만, 시간이 지나면서 나가는 일도 점점 줄어들었다.

시간을 그저 소모하는 것이 아니라, 무언가 해야만 했다. 또한 처음에는 무엇을 해야 할지 몰랐다. 마땅한 취미도 없어서 결국 찾은 것이 글을 쓰는 일이었다. 같은 상황이라도 집에서 놀면 놀았지, 글 쓰는 일은 머리가 아프다고 말하는 분도 있을 것이다. 물론 그럴 수도 있다. 오랜 기간 그만두지 못했던 보험회사를 정리하고, 날마다 컴퓨터 앞에 앉아서 키보드를 두드리며 글을 썼다. 그렇다고 해서 대단한 글을 쓴 것은 아니다. 독수리타법으로 단순히 끄적이는 것뿐이었다.

다음 글은 보험회사를 그만두기 전 코로나 검사를 받아야 한다는 연락을 받고, 쓴 글이다. 물론 이때는 블로그를 하기 전이라 그냥 워드로 작성한 뒤, 컴퓨터에 저장만 해놓았다.

'내가 코로나 검사를 받아야 한다고!'

오늘은 내 인생에서 정말 잊을 수 없는 날이 될 것이다. ○○에게 전화를 받고 나는 갑자기 망치로 머리를 한 대 맞은 것처럼 충격을 받았기 때문이다. 매스컴에서 날마다 확진자가 증가한다는 뉴스를 들어도 그것은 다른 사람들의 일인 줄로만 알았다. 또한 매일 안내 문자가 와도 바로바로 삭제해버렸다. 뉴스에서 코로나 검사를 받는 사람들의 모습을 보아도 그것 역시 나와는 먼 이야기인 줄 알았다. 너무 오랜 기간 동안 코로나 때문에 얼굴을 못 본 우리는, 해가 바뀌기 전에 밥 한번 먹자고 약속했다. 점심시간 이후 그것도 사람들 많지 않을 때 식사하면 문제가 없을 것으로 생각했다. 점심시간이 지나 식사할 때도 그 식당에서 식사하는 사람은 우리 4명밖에 없었다.

식사하는 그 시간은 너무 즐겁기만 했다. 누구도 앞으로 우리에게 어떤 일이 일어날지 전혀 알 수 없었다. 그런데 우리와 함께 식사했던 ○○○이 확진자라는 것이다. 정말 믿어지지 않았다. 세상에 어떻게 이런 일이 일어날 수 있단 말인가? 시간을 돌려서 만나기 전으로 돌아갈 수만 있다면, 그때 모이지 말자고 했을 텐데…. 올해 안에 서로 못 만나면 큰일이라도 나는 것처럼 왜 그렇게 했는지 우리의 결정에 후회가 밀려왔다. 한 사람이라도 코로나가 신경 쓰여 다음에 보자고 했다면 만나지 않았을 텐데, 다들 괜찮다고 해서 만나는 바람에 이런 결과를 초래한 것이다. 하지만 이미 벌어진 일이니 어찌하겠는가?

처음 글쓰기를 시작한 것은, 보험회사에 다닐 때, 코로나로 자가격리를 하면서 집에 있게 된 후부터였다. 물론 글쓰기를 처음부터 자기계발을 하려고 시작한 것은 아니었다. 그 후 그만두면서 본격적으로 시작하게 된 것이다. 어쩌면 팬데믹이 나를 집안에 머무르게 하면서 글쓰기를 하도록 만들었는지도 모른다. 나는 보험회사를 오래전부터 그만두려고 했다. 그러나 용기가 없었다. 코로나로 보름 동안 회사를 나가지 못하게 되자, 영업에 대한 부담이 줄어들었고, 점점 그 편안함에 빠져들었다.

'아, 그냥 이대로 지냈으면 좋겠다.'

그래서 결국 코로나를 보험회사를 그만둘 수밖에 없는 좋은 기회로 삼았다. 물론 회사를 그만두는 결정에는 남편의 공이 컸다. 고객도 나의 상황을 이해할 것이라고 생각했다.

'그동안 그만두고 싶어도 그만둘 수 없었는데, 얼마나 좋은 기회인가?'

지금 나와 함께 일했던 동료들은 여전히 어려운 환경 속에서 고객들을 만나 보험을 권유하며 힘을 내고 있다. 그들은 코로나와의 전쟁 속에서도 굴하지 않았고, 지금도 최선을 다해 일하고 있다. 어쩌면 나만 그 틈을 빠져나와 글쓰기를 통해 자기계발을 하고 있는지도 모른다. 그렇게 나는 바라고 바라던 대로, 보험회사를 떠날 수 있었다. 그리고 글쓰기를 하며 살아가고 있다. 코로나를 핑계로 나 혼자 살아보겠다고 그만둔 것이다. 그로 인해 나는 이렇게 평화롭게 글을 쓰고 있으니, 고객들도 나를 너무 비난하지 않았으면 좋겠다. 그렇지 않았다면 내가 이렇게 글쓰기와 더욱 가까워지지 않았을 테니 말이다. 이렇게 시작했지만 결국 나는 돈을 들이지 않고 자기계발을 하게 된 셈이다.

나는 어릴 때 글씨를 꽤 잘 쓰는 편이었다. 그런데 다른 사람 글씨체를 계속 모방하다 보니, 어느 날 내 글씨가 엉망이 되어버렸다. 그래서 글씨를 써야 하는 자리에 가면 늘 걱정이 되곤 한다. 오죽하면 결혼식이나 장례식에 가서도 봉투에 이름을 쓸 때 내가 쓰지 않고, 남편에게 부탁한다. 남편에게 가장 부러운 점은 글씨를 잘 쓴다는 것이다. 요즘 시대에는 글씨를 쓸 일이 적어진 것 같지만 그렇지 않다. 블로그에 필사를 올릴 때도 글씨를 잘 쓰는 사람이 쓴 필사와 못 쓰는 사람의 필사는 차이가 난다. 아무리 세상이 변하더라도 글씨를 잘 쓰면 당연히 돋보이는 것이다.

그래서 나는 연필이나 볼펜으로 직접 쓰기보다는 PC에서 워드로 치는 글쓰기를 좋아한다. PC에 작성하면 틀려도 수정이 가능하고, 나의 못난 글씨가 드러나지 않기 때문이다. 예전에 작가들을 보면 아날로그 방식으로 원고지에 썼는데, 틀리면 찢고 다시 쓰는 모습을 보았던 기억이 난다. 그 시절에 글을 쓰지 않았던 게 정말 다행이다. 글을 작성할 때 한참을 쓰다가 틀리면 다시 써 내려가야 하기 때문이다. 지금은 복사해서 붙여넣기만 하면 되기 때문에 나 같은 사람에게는 얼마나 고마운 일인지 모른다. 더군다나 아날로그 시대에는 원고지 비용도 상당히 많이 들어갔을 것이다. 지금은 그 넓은 공간에 글을 아무리 많이 써도 비용을 더 요구하지도 않는다.

글쓰기는 자기계발의 끝판왕이라고 한다. 왜 글쓰기가 자기계발의 도구가 될 수 있을까? 글쓰기를 하면서 아무 생각 없이 쓰는 사람은 없을 것이다. 어떤 내용을 써야 할지 머릿속에 그려가며 쓰는 일이다 보니, 쓰는 동안 내 생각을 정리하게 된다. 또한 나의 마음을 더 정확하게 표현하려고 노력하게 된다. 블로그에 처음 썼던 글보다 시간이 갈수록 더 나아지는 것도 바로 그 때문이 아닐까? 또한 인터넷의 발달로 SNS가 중요시되는 세상에서 글쓰기의 필요성은 점점 늘어나고 있다. 그러니 글쓰기 한 가지만 잘해도 자기 일을 충실히 수행해낼 수 있게 되는 것이다. 그리고 지금은 글쓰기 한 가지만으로도 자신이 경험한 것으로 평생 돈을 벌 수 있는 시대가 되었다. 그러니 돈이 들어가지 않는 글쓰기로 자기계발을 해야 한다. 일찍 하면 할수록 유리하다.

세상에는 자기계발 방법이 굉장히 다양하다. 영어 실력을 향상시키기 위해 어학연수를 다녀오는 것도 자기계발이다. 정규교육 과정을 이수하면서도 과외로 비용을 지불하고, 자기계발하는 사람은 무수히 많다. 은퇴를 하신 분들이 온라인에서 강의를 듣고, 평생 대학원을 다니는 것도 자기계발이라 할 수 있을 것이다. 이러한 교육과 강의는 모두 비용이 발생한다. 하다못해 자기계발 서적 한 권을 사더라도 비용이 발생한다. 물론 노트북이 없으면, 글을 쓰기 어렵다고 생각할 수도 있다. 나는 보험회사에서 사용하던 노트북을 보유하고 있어서, 노트북을 이용해서 글을 작성할 수 있었다. 하지만 외출 시에는 노트북 대신 스마트폰 메모장에 기록한 글을 카카오톡으로 써서 나에게로 보내고 있다.

책을 쓰기 전에는 필력이 뛰어나거나, 내용을 전개해나가는 능력이 중요할 줄 알았다. 그런데 막상 써보니, 가장 중요한 것은 평상시에 꾸준히 메모하는 습관이라는 것을 알게 되었다. 아무리 기억력이 뛰어난 사람이라도 시간이 갈수록 기억하는 데 한계가 있기 마련이다. 꾸준히 메모해놓는 습관은, 결국 책을 쓰게 하는 원동력이 된다는 것을 알 수 있었다. 메모할 때는 날짜까지 정확하게 써놓는 것이 미래를 위해 중요한 일이라는 것을 알 수 있었다. 꾸준히 글쓰기를 한다면 잘 쓰는 작가가 아니더라도, 누구나 글쓰기를 통해 자신의 목소리를 낼 수 있다. 그리고 그 글쓰기로 책까지 쓸 수 있다. 글쓰기는 이렇게 스마트폰과 노트북만 있으면 되는, 돈이 들지 않는 자기계발이다.

글쓰기로 성장한 눈부신 미래,
내 것으로 만들자

지금까지 내가 글쓰기를 시작하게 된 이유와 나의 삶 속에서 글쓰기가 어떤 의미인지 이야기했다. 또한, 글쓰기로 변화된 나의 삶에 대해서도 언급했다. 나는 블로그 수업을 들을 때 나의 블로그 이름을 짓는 것에 대해 많이 고민했다. 그때 수업을 진행해준 강사님은, 블로그 이름을 중요하게 생각했다. 나중에 퍼스널 브랜딩을 할 것을 대비해서 처음부터 이름을 잘 지어야 한다고 조언해주었다. 나는 그 말을 듣고, 블로그 이름을 무엇으로 정할지 신중하게 고민했다. 그 결과, 지금의 블로그 이름을 선택하게 된 것이다. 나의 블로그 이름은 '세상과 소통하는 여자'다. 블로그 이름이 길어서 이웃들이 부르기 쉽게 '세소통 님'으로 부르기도 한다. 블로그 이름을 이것으로 하길 참 잘한 것 같다. 나는 책을 쓰고 작가가 됨으로써 세상과 소통을 하고 있기 때문이다. 그렇게 이름을 지을 수 있도록 도움을 주신 강사님께 진심으로 감사드린다.

사실 책 한 권 썼다는 것만으로도, 글쓰기를 하는 사람에게는 엄청난 도약이다. 그리고 세상을 다 가진 듯한 느낌을 주기도 한다. 짧은 기간에 엄청난 일을 해냈기 때문이다. 기적과 같은 것이다. 나도 내가 이렇게 해낼 줄은 생각도 하지 못했다.

나폴레온 힐(Napoleon Hill)은 《결국 당신은 이길 것이다》에서, "너의 한계는 네가 스스로 만들어낸 것이다!"라고 말했다. 내가 나의 한계를 낮게 정하면, 그것 이상을 이룰 수 없게 된다는 것을 깨닫게 되었다. 나는 이 글을 통해 답을 찾을 수 있었다. 그동안의 내 모습은, 사실상 나 자신이 만들어낸 결과였다.

이번에도 망설이고 책 쓰기를 하지 않았다면 영원히 책 출간의 기회를 놓칠 뻔했을 것이다. 그러고는 '왜 그때 시작하지 못했을까?'라며 땅을 치고 후회하고 있을 것이다. 지금까지 살면서 무언가를 하고 싶은 욕구가 생겼을 때, 그것을 해야 하는 게 정답이었다. 핑계를 대고 나중으로 미룬 일들은 결국 시간이 지나도 이루어지지 않았다. 실제로 3년 전 나의 일기장에 책을 쓰고 싶다는 글을 적어놓은 것이 이렇게 실현된 것이다. 나는 앞으로도 나의 한계를 높이 정하고 꿈을 향해 달려갈 것이다.

직장을 그만두고 본격적으로 글쓰기를 시작했지만, 그전에도 써놓은 글들은 많이 있었다. 그러나 그 글들은 부끄러워서 차마 공개할 수가 없다. 심지어 1년 전에 블로그에 써놓은 글도 다시 열어보면 마찬가지였다. 그만큼 성장했다는 증거일 것이다. 아무리 작은 일이라도 꾸준함을 따라갈 수는 없는 법이다. 꾸준히 글쓰기를 해온 것이 오늘의 기쁨으로 찾아온 것이다. 나는 이번에 책을 쓰면서 글쓰기의 위대함을 알게 되었다. 하루에 한 쪽지를 써 내려갈 때마다, 내 안에 이런 능력이 있었다는 것이 신기하기만 했다. 블로그에 글을 올릴 때도 이렇게 길게 써본 적이 없기 때문이다. 어떻게 보면 책 쓰기는 내 안의 잠재력을 발견하는 테스트인지도 모른다. 그리고 나는 그 테스트에 합격한 셈이다. 세상에 공짜가 없듯이, 글쓰기도 노력하는 자에게 그 이상의 기쁨을 선사해주는 것 같다.

나는 내 이름으로 된 책 한 권을 출간했지만, 책을 쓰는 과정에서 나의 부족한 점을 더욱 명확히 알 수 있었다. 다른 작가들이 가지고 있는 섬세한 표현력이, 나에게는 너무 부족했다. 하지만 나에게는 '매일 꾸준히 하는' 나만의 특별한 습관이 있었다. 그러한 습관을 발견한 것만으로도 큰 성과다. 그리고 그것은 내가 넘어야 할 과제다. 작가가 되었다고 해서 더 이상 노력하지 않고, 공부하지 않으면, 결국 도태되고 말 것이다. 지금부터 다시 시작이다. 그렇게 하나하나 채워나가면 된다. 나는 나의 미래가 기대된다. 어떤 모습으로 변해갈지 궁금하다. 이미 책을 써서 작가가 되었기 때문에, 앞으로도 계속해서 나의 책이 출간될 것이다.

프랑스 소설가인 베르나르 베르베르(Bernard Werber)는 데뷔작인 《개미》로 우리나라에서 엄청난 호응을 얻은 작가다. 전 세계에서 팔린 200만 부의 절반이 한국에서 팔렸을 정도로 우리나라에서 매우 인기 있는 작가로 성공했다. '개미'라는 소재로 소설을 쓸 수 있다는 것을 누가 상상이나 했을까? 작가로서 상상력은 필수 덕목이다. 생각하지 못했던 소재로 글을 쓰는 것은 사람들에게 흥미로움을 안겨준다.

작가는 글을 잘 쓰는 것도 중요하지만 독특한 관찰력과 소재를 발견할 수 있는 감각도 중요하다. 베르나르 베르베르가 하루아침에 이런 실력을 키우지는 못했을 것이다. 그런데 그가 유독 한국에서 인기가 많은 까닭은 무엇일까? 한국 사람들이 새로운 것에 관심을 많이 가지고 있는 것도 하나의 이유가 될 수 있을 것이다. '개미'라는 주제 자체가 새로움을 추구하는 한국 사회와 잘 맞아떨어졌다는 생각이 든다. 나도 글로벌한 작가로 성장하고 싶다. 우리나라뿐만 아니라, 나의 책이 해외의 다양한 언어로 번역되는 날을 꿈꾸어본다. 그래서 많은 사람에게 존경과 사랑을 받을 수 있는 그런 작가가 되고 싶다. 생각만 해도 기분이 좋다. 하지만 이를 위해서는 남다른 관찰력과 상상력이 필요하다. 그래야만 만족할 만한 작품을 쓸 수 있는 작가로 성장할 수 있을 것이다. 이제 나는 그러한 작가로 성장하며, 눈부신 미래를 만들어나가게 될 것이다.

나는 글쓰기를 하며, 나의 삶을 살아가려고 한다. 책을 쓰는 일뿐만 아니라, 나의 도움이 필요한 분들에게 동기부여가 되어주려고 한다. 그들의 삶을 더욱 풍요롭게 만들기 위해 노력하게 될 것이다. 그러기 위해서는 독자들에게 함께 성장해갈 기회를 제공해주어야 한다. 단순히 작가로서 책을 쓰는 것뿐 아니라, 독자들과의 협력자로서의 역할을 수행하게 될 것이다.

여기까지 온 것만으로도 기적이다. 나는 책의 한 꼭지, 한 꼭지를 완성할 때마다 기적을 체험했다. 이미 여러 권의 책을 저술한 작가에게는 아무것도 아닐 것이다. 하지만 초보 작가인 나에게는 그런 순간마저도 큰 의미로 다가온다. 미래는 어떻게 바뀔지 아무도 모른다. 예전에는 원고지에 글을 쓰던 작가들조차도 키보드를 두드리며 글을 쓰게 될 줄 누가 알았겠는가? 원고지에 쓰지 않고 글을 쓸 수 있다는 것만으로도 큰 축복이며 행운이다. 지금, 이 시대를 살아가는 작가들은 그만큼 더 많은 기회를 누리게 된 것이다. 디지털 기술이 발달하면 할수록 더 좋은 기회가 찾아올 것이라는 기분 좋은 상상도 해본다.

나는 책 쓰기로 인생의 2막을 준비하게 되었다. 글을 쓰는 일을 하며, 인터넷 시대를 사는 덕분에, 가장 훌륭한 도구를 갖게 된 것이다. 게다가 다양한 SNS의 발달로 나의 글을 보여줄 기회가 더욱 많아졌다. 만약 나만의 글이 다른 사람에게 도움이 된다면, 글쓰기를 통해 내 미래가 성장한 것이다. 책을 통해 다른 사람들에게 코칭을 제공하고, 동기부여를 할 수도 있다. 이제 나는 책 쓰기로 얻은 성공 경험을 살려, 미래의 더 큰 꿈을 향해 나아가게 될 것이다.

나는 글쓰기로 성장한 눈부신 미래를 꿈꾸고 있다.

나는 글쓰기로 진정한 나를 만났다

제1판 1쇄 2023년 9월 21일

지은이   정예용
펴낸이   한성주
펴낸곳   ㈜두드림미디어
책임편집   최윤경, 배성분
디자인   얼앤똘비악(earl_tolbiac@naver.com)

㈜두드림미디어
등록   2015년 3월 25일(제2022-000009호)
주소   서울시 강서구 공항대로 219, 620호, 621호
전화   02)333-3577
팩스   02)6455-3477
이메일   dodreamedia@naver.com(원고 투고 및 출판 관련 문의)
카페   https://cafe.naver.com/dodreamedia

ISBN   979-11-93210-16-1 (03810)